ELEANOR MARX, FILHA DE KARL
Um romance

Maria José Silveira

ELEANOR MARX, FILHA DE KARL
Um romance

1ª edição

EXPRESSÃO POPULAR

São Paulo – 2021

Copyright © 2021 by Editora Expressão Popular
Copyright © 1ª edição brasileira: São Paulo: Francis, 2002
2002 by Maria José Silveira

Título original: Eleanor Marx, filha de Karl : romance

Revisão: Dulcineia Pavan, Aline Piva, Cecília Luedemann
Capa: Laura Fraiz-Grijalba
Projeto gráfico e diagramação: Zap Design
Impressão e acabamento:

Dados Internacionais de Catalogação-na-Publicação (CIP)

S587e	Silveira, Maria José Eleanor Marx, filha de Karl: um romance. / Maria José Silveira—1.ed.-- São Paulo : Expressão Popular, 2021. 167 p. ISBN 978-65-5891-016-9 1. Literatura brasileira – Romance. 2. Romance brasileiro. I. Título. CDU869.0(81)-3 CDD B869.3

Catalogação na Publicação: Eliane M. S. Jovanovich CRB 9/1250

Todos os direitos reservados.
Nenhuma parte desse livro pode ser utilizada
ou reproduzida sem a autorização da editora.

Publicado pela primeira vez pela Editora Francis, em 2002.

1ª edição pela Expressão Popular: março de 2021.

EDITORA EXPRESSÃO POPULAR
Rua Abolição, 201 – Bela Vista
CEP 01319-010 – São Paulo – SP
Tel: (11) 3112-0941 / 3105-9500
livraria@expressaopopular.com.br
www.expressaopopular.com.br
🄵 ed.expressaopopular
🄾 editoraexpressaopopular

SUMÁRIO

Nota ao leitor 11

Junho: a menina d'*O capital* 13

Julho: a crise anunciada 37

Agosto e setembro: o belo herói 47

Outubro: dedo enluvado 65

Novembro: um casamento verdadeiro 79

Dezembro: os domingos no parque 95

Janeiro: o começo do pesadelo 109

Fevereiro: o leão sem juba 117

Março: a morte branca 135

Epílogo 149

ANEXOS

Como se cria um erro histórico 153

Pequena cronologia da família Marx 161

As fontes 163

Agradecimentos 165

Outras obras da autora 167

*Para os queridos companheiros dos
velhos tempos de ALA.*

Para Felipe.

Um ato como este é preparado no silêncio do
coração como se prepara uma grande obra de arte.
Camus, sobre o suicídio

Morrer é uma arte, como tudo o mais.
Faço-o excepcionalmente bem.
Sylvia Plath

Nota ao leitor

Este livro está baseado em fatos relatados nas várias biografias de Marx e de sua filha Eleanor, sobretudo na abrangente biografia *Eleanor Marx*, escrita por Yvonne Kapp. No entanto, a maneira como esses fatos são narrados, a ordem em que aparecem, a linguagem utilizada e as emoções e sentimentos, enfatizados ou não, fazem dele um romance de exclusiva responsabilidade da autora.

As citações que aparecem grafadas entre aspas neste livro foram tiradas de textos de Eleanor e de Shakespeare – que a família adorava –, entre outros. É importante ter claro isso sobretudo nas cartas. As que não começam entre aspas desde o cabeçalho foram escritas pela autora na tentativa de emular Eleanor. Temos, portanto, o texto da presente autora fora das aspas e textos de fontes documentais dentro das aspas.

Para facilitar a leitura, é útil saber que os Marx gostavam muito de apelidos. Trataram-se por apelidos diferentes, em várias épocas de suas vidas. Os que ficaram e serão usados neste livro são:

Mouro para Marx

Möhme para Jenny (mãe)

Jennychen para Jenny (filha)

General para Engels

Lenchen para Helen Demuth (a governanta e amiga fiel da família)

Library para Liebknecht

Freddy para Henry Frederik Demuth (o filho de Lenchen)

Tussy para Eleanor.

Outros nomes constantemente citados são Edward Aveling, o companheiro de Eleanor, e Olive Schreiner, escritora sul-africana e sua grande amiga na juventude.

Junho: a menina d'*O capital*

1

O dia é 8 de junho de 1897.

Faz muito calor naquele entardecer de verão em Londres. Eleanor passou todo o dia no 8° Congresso Internacional dos Trabalhadores das Minas.

Quando saiu de casa, ainda não havia amanhecido. Edward estava dormindo. Enquanto preparava o café da manhã, ela chamou Gertrude, a empregada, e lhe deu as instruções para o dia. Que nada deixasse faltar a Edward, que aparecera outra vez com um abcesso nas costas, do lado direito. Que, por favor, cuidasse muito bem dos dois hóspedes, seus sobrinhos, Johnny e Edgar. Que não deixasse os gatos e os cachorros saírem para a rua, sobretudo Vin, que andava meio arredio. E que tivesse um bom dia; ao que tudo indicava, seria de grande abafamento e calor.

Agora, ao voltar para casa, sua Toca, em Sydenham, tranquilo subúrbio londrino, Eleanor está cansada, mas cheia de expectativas: o Congresso, apesar de tudo, está sendo produtivo e continuará por toda a semana; amanhã ela terá que se levantar com os pássaros outra vez. Edward, embora doente, com certeza foi a Londres e, como de costume, certamente chegará tarde, mas esta noite ela não se importará com isso. Está feliz, pois tem a companhia dos meninos. Eleanor adora esses sobrinhos, os filhos de Jennychen.

É sempre uma alegria ter os jovens em casa, ainda que ultimamente ela ande um pouco apreensiva com Johnny, o mais velho, seu favorito desde bebê. Fosse pelos vinte anos ou fosse pelo que fosse, ele não dava mostras de se interessar seriamente por nada. Indiferente, talvez um pouco cínico. Era uma preocupação ver o sobrinho assim e não saber o que fazer. Deve ser a derradeira fase da adolescência, ela pensa. Vai passar.

Conversar com eles, descobrir o que anda fermentando naquelas cabeças irrequietas em formação, tentar esclarecer uma ou outra ideia, é o que pensa que pode fazer. O que não lhe é nada difícil, pois conversar com os jovens sobrinhos é seu grande prazer dos últimos dias.

À noite, depois da ceia, sentam-se os três na grande sala da Toca, e Johnny solta um dos seus comentários ácidos daqueles dias:

– Minha tia, me diga uma coisa: para você o meu avô era assim uma espécie de deus, não é verdade?

Eleanor não se surpreende. De uns tempos para cá, o sobrinho quer saber cada vez mais do avô e dos velhos tempos, mas, sempre que possível, usa esse tom questionador, às vezes abertamente crítico. Influência do pai, certamente, que depois da morte de Jennychen se afastou dos Marx e evita, tanto quanto pode, o contato de Eleanor com os sobrinhos.

– Não, Johnny, não é verdade – ela responde, contente por poder falar sobre o pai. – Seu avô foi um pai maravilhoso e um homem extraordinário. Foi possivelmente o homem mais genial de sua época e deixou uma obra que mudará o caminho da humanidade. Os homens serão mais felizes por causa de seu avô. Reconhecer isso não é considerá-lo deus.

– Mas você nunca se desentendeu com ele? Vocês nunca brigaram?

Eleanor afaga o pelo castanho-avermelhado de Vin, o gato que dorme em seu colo. Tão discreto que chega a se confundir com a blusa de organdi bege-escuro, de gola fechada, que ela está usando e a faz parecer mais austera do que é.

Como os jovens de hoje são diretos!, pensa. Será que na idade deles eu também era assim? Talvez. Foi justo nessa idade, não foi?, que pela única vez na vida enfrentei meu pai. Será que devo contar a eles? Não, isso é uma coisa tão íntima, tão minha, e não foi briga, realmente. Não foi. Foi terrível mas não foi uma briga. E foi há tanto tempo...

– Não, realmente nunca brigamos, Johnny. Seu avô era o mais afável e generoso dos pais. Não se lembra de como ele adorava vocês, os netos? Como ia a Paris e proibia sua mãe de avisar a quem quer que fosse que ele havia chegado porque queria se dedicar completamente a vocês, "ao mundo microscópico de suas crianças", como dizia.

– E quando *você* era criança?

– Quando eu era criança, o Mouro jamais me deu sequer uma bronca. Möhme era um pouco mais disciplinadora, mais exigente, talvez, e mesmo assim tampouco me lembro de alguma vez que ela tenha levantado a voz para nenhuma de nós. Quando via que estava perdendo a paciência, ia para o quarto e lá ficava até se sentir mais calma. Apesar das dificuldades financeiras, nossa família era feliz, isso não se pode negar. Bem pequenina, eu me sentava nos ombros do Mouro, segurava com força sua exuberante cabeleira negra, e ele perguntava: "Está pronta?" Eu respondia: "Shh, cavalos não falam! Eia!" E lá ia ele, o grande homem, o terror da burguesia e da aristocracia da Europa, brincando de cavalgar pelo minúsculo jardim da nossa casa em Grafton Terrace. Eu adorava essa brincadeira, e essa é uma das primeiras lembranças que tenho de mim mesma e da vida. Ou então, sou eu acordando no meio da noite para dormir na cama dos dois, e, ao passar pela sala, vejo o Mouro sentado à mesa de trabalho, a fumaça de cachimbo subindo na nuvem densa que o envolvia como um halo de formidável concentração. Em vez de seguir até o quarto, eu me deitava no sofá, para ficar mais perto e sentir o calor de sua presença poderosa, e ali adormecia até a manhã seguinte quando ele se levantava, ao perceber os barulhos da rua começando a se agitar, me descobria enrodilhada no sofá e me carregava de volta para cama.

– Ele não ralhava com você?

– Seu avô não ralhava com crianças. Achava que as crianças deveriam educar os pais e mergulhava com entusiasmo em nossas fantasias. Sempre nos estimulava. De noite, à beira da nossa cama, era um grande contador de histórias que lia ou inventava. Lia em voz alta os irmãos Grimm, Homero, *Dom Quixote, As mil e uma noites* e Shakespeare, nosso Shakespeare, a Bíblia da nossa casa.

– Mas meu pai diz que ele brigava muito. Que não tinha paciência com ninguém, que dava medo em muita gente – contesta Johnny. – Quando não gostava de alguém, era terrível! Fosse quem fosse, podia desistir, que meu avô não deixava que ele abrisse a boca.

– Quando brigava com alguém, ele era assim mesmo. Se alguma pessoa dizia uma besteira ou defendia ideias que ele achava prejudiciais ao movimento, virava uma fera. Nas reuniões políticas, é verdade que muita gente tinha medo dele. O Mouro era duro nas críticas, rigoroso e, também – e era isso que muita gente não lhe perdoava – muito sarcástico.

Demolia os argumentos de qualquer um, e ainda ironizava a vítima. Não era fácil se opor a ele, não era mesmo, e ele acabava criando muitos desafetos. Mas conosco era outra coisa. Nossa casa vivia cheia de amigos e companheiros, e ele passava horas com a maior paciência, explicando o que pensava sobre isso ou aquilo. Ficavam conversando até de madrugada, em torno de garrafas de vinho e da fumaça do tabaco dos cachimbos. Ele e o grupo de amigos liam, bebiam, conversavam, escreviam, riam muito, discutiam. Faziam piadas, fofocas, jogavam cartas e xadrez. Era uma casa cheia de vida e entusiasmo, onde a paixão pelas ideias e pelo ideal revolucionário animava as discussões e as conversas acaloradas, e deixava aceso o lampião até o sol nascer. Foi nesse clima de paixão revolucionária, de paixão pelas ideias que sua mãe, Laura e eu crescemos, como se fosse o jeito mais natural de crescer. Éramos tratadas como pessoas inteligentes, parte integrante e natural desse clima de conversas e discussões. Temas que seriam proibidos em outros lares eram incentivados no nosso e nós, as três filhas, aprendemos com naturalidade a questionar a sociedade e a pensar por nós mesmas.

– Mas vocês tinham que pensar como o vovô queria – diz Johnny.

– Não é que tínhamos que pensar como seu avô queria. Você faz a coisa parecer uma obrigação, meu querido, e não era nada disso. Ele nos ensinava a ver e refletir, a discutir o que víamos.

– Meu pai diz que ninguém podia discordar do vovô e do General; quem tivesse uma ideia diferente estava errado.

– Seu pai pensava diferente do Mouro em muitas coisas, mas foi ele quem se afastou de nós, para seguir outro caminho político. Seu avô discutia muito com ele, é verdade, mas nunca o vi rechaçá-lo nem fechar as portas. Nunca mesmo.

Edgar, que não queria entrar nesse terreno das desavenças políticas entre o pai e o avô, quer saber mais sobre o acontecimento que marcou a vida de todos eles, a Comuna de Paris.

– É verdade que você e a mamãe foram presas?

– Ah, sim, mas já não éramos crianças. Na época da Comuna, aqueles dois meses que mudaram o mundo, Laura já estava casada com Paul Lafargue, um dos líderes dos *communards*, como o pai de vocês, e viviam em Paris. Paul corria perigo de vida, mas os dois conseguiram escapar para Bordeaux, antes que as tropas prussianas cercassem e invadissem a cidade. Laura estava muito doente, acabara de dar à luz ao segundo bebê, que também estava mal. Paul teve que voltar a Paris em missão e não retornou no prazo combinado nem enviara notícias – as comunicações da capital com as províncias estavam cortadas. Era um homem marcado, e Laura, tendo que cuidar dos dois bebês, sentia-se cada vez pior. Foi então que sua mãe e eu embarcamos para Bordeaux, para ajudá-la. Quando chegamos, Paul já havia retornado, mas as coisas se complicavam e se aproximava o que depois ficou conhecido como a Semana Sangrenta, quando cerca de 20 mil proletários parisienses foram fuzilados e 40 mil feitos prisioneiros. O horror dessa repressão brutal contra o povo de Paris é indescritível. Naqueles dias de fuga e tensão, Paul teve que se refugiar sozinho na Espanha e o bebê faleceu. Tentando ajudar no que podíamos, Jennychen e eu acompanhamos Laura até uma aldeia nos Pirineus, do lado espanhol, para um encontro com Paul. Quando voltamos – felizmente sem Laura -, nós duas fomos presas na fronteira francesa e levadas por vinte e quatro *gendarmes* até a casa onde estivéramos hospedadas e que já havia sido completamente revistada. Do alto dos meus dezesseis anos, e sem querer me gabar, *hélas!,* devo lhes dizer que não tive medo. Estava perplexa com o absurdo da situação, mas não assustada. De fato, era ridículo e bizarro, se não patético, ver aqueles grosseiros *gendarmes* procurando bombas debaixo dos colchões e combustível no fogareiro onde aquecíamos a mamadeira do bebê falecido. E saber que faziam isso apenas porque éramos filhas, e Paul, genro de Marx, que, naquele momento – como ele próprio dizia – "tinha a honra de ser o mais caluniado e perigoso homem de Londres", acusado de instigar e controlar a Comuna, vejam só! Como se isso fosse possível ou necessário! Sua mãe foi interrogada primeiro, por mais de duas horas. Depois foi minha vez. Um interrogatório sem razão nem objetivos. Ficamos em prisão domiciliar por dois dias, depois fomos levadas *à gendarmerie* onde passamos uma noite; no dia seguinte, fomos soltas. Para nos intimidar, os *gendarmes* nos disseram que éramos acusadas de ser emissárias internacionais dos revolucionários! E a ironia é que Jennychen realmente levava consigo uma carta de Gustave Flourens, um dos líderes da Comuna, muito amigo dela, que fora assassinado naqueles dias em Paris. Mas sua presença de espírito a salvou. Quando ficou por um momento a sós, na sala do posto da fronteira, Jennychen enfiou rapidamente a carta entre as folhas de um velho livro-razão. Se a encontrassem, muito provavelmente nós duas teríamos de fato sido levadas prisioneiras, sem apelação. Naqueles dias terríveis, foram mais de cem mil vítimas entre mortos, presos e deportados.

Edgar pergunta:

– Será que alguém achou essa carta? Ou será que até hoje ela está no livro-razão abandonado?

– Isso nunca vamos saber – diz Eleanor, sorrindo. – E, agora, para a cama que é *trop tard*.

– Mas tio Edward ainda não chegou – diz Johnny.

– Já deve estar chegando. Ele sempre chega no trem das onze e vinte. É hora de subir para os quartos, vamos.

Eleanor se prepara para dormir.

Ela não quis admitir, quando Johnny perguntou, mas Edward não deveria ficar até tarde fora de casa, com seu problema de saúde! Que temeridade a sua! Na última visita, o médico dissera que o caso era grave, de cirurgia, e ele parece não levar isso a sério. Mas, não, ela não vai ficar pensando nisso agora nem brigar com ele mais uma vez. Hoje não.

Hoje, a conversa com os sobrinhos a transportara para um tempo distante e tão querido, o tempo que, ela sabe, foi o melhor de sua vida. E lá quer permanecer um pouco mais, com as lembranças da infância para sempre envolvidas no cristal brilhante de uma alegria incorruptível.

Eleanor veste camisola e se deita, deixando a cortina da janela aberta. Olha a noite lá fora. É uma bela noite, clara: lua, estrelas de junho. Ar fresco sem ventos.

Fecha os olhos e vê a menininha de cabelos presos, correndo e chamando eufórica:

– Mamãe, papai, chegaram! Os envelopes chegaram!

Tussy foi esperar o carteiro a meio caminho, e agora voltava, correndo, sacudindo os dois envelopes na mão. Esses envelopes sobrescritos com a elegante letra do General geralmente chegavam aos pares, ou um imediatamente seguido do outro, cada qual com a metade de uma nota de uma ou cinco libras.

Era ela quem dava constância desses recebimentos, escrevendo a Engels e, portanto, sabia bem o que continham.

Ia correndo levá-los.

Encontrava o pai sentado à sua mesa de trabalho, onde passava o dia e entrava pela madrugada, cheia de manuscritos, livros, jornais. Ao lado de brinquedos, retalhos e fitas da cesta de costura de Jenny, xícaras de café, canivete, abajur, tinteiro, copos, cachimbos, cinzeiro.

A extraordinária organização do Mouro estava toda dentro de sua cabeça. Por fora, o mundo podia vir abaixo que nada atrapalhava sua concentração formidável.

Eleanor vê, perfeita e nítida, a figura do pai ainda jovem: a densa barba e as suíças, a juba preta que ela adorava. Seus cabelos pareciam nascer de todos os poros e se espalhar pelas bochechas, pescoço, orelhas e nariz. Era um homem completamente hirsuto, seu pai.

Ela se deixa envolver por essa figura amada, sua autoconfiança e genialidade. Seus olhos escuros, brilhantes e afetuosos, sua exuberância, a capacidade de lhe tomar a mão e dizer: "Minha gatinha, sente-se aqui. Vou lhe mostrar uma coisa".

O apelido, Tussy, foi ele quem lhe deu. Pussy, gatinha, Tussy.

O dele era Mohr, Mouro, porque tinha a tez morena e se comparava ao Mouro de Veneza, em seu amor por Jenny, para quem uma vez escreveu:

"Eis que assomas diante de mim, grande como a vida, e eu te ergo nos braços e te beijo dos pés à cabeça, e me prostro de joelhos diante de ti e exclamo: Senhora, eu te amo. E amo mesmo, com um amor maior do que jamais sentiu o Mouro de Veneza".

Romântico assim, inigualável. Esse era o seu pai.

Se ela o endeusava, como queria saber Johnny? *Mon dieu!* O que responder!

Eleanor percebe os ruídos abafados de Edward chegando no último horário do trem, o de sempre, mas prefere seguir dormitando, sem nada dizer. Era reconfortante continuar mergulhada nas lembranças, continuar revivendo uma felicidade cada vez mais rara em sua vida.

Não suspeitava – e nem se tivesse a mais fértil imaginação da Inglaterra poderia suspeitar – que ao se deitar ao seu lado naquela noite Edward era um outro homem.

Uma mudança clandestina, mas radical, acabara de ocorrer em seu estado civil.

Na manhã daquele dia 8 de junho de 1897, em Londres, com o pseudônimo de Alec Nelson (que adotava como dramaturgo), falsificando a idade para três anos menos e dando um endereço inexistente, ele se casara às escondidas com Eva Frye, jovem de vinte e dois anos, aspirante a atriz.

Tão temerário e absurdo fato em nada alterou a rotina da vida de Edward com Eleanor.

Naquela noite, a noite de seu inimaginável casamento com outra, ele nem sequer chegou mais tarde do que de costume.

2

Nos dias que se seguiram, a vida na Toca continuou absolutamente a mesma.

Edward não mudou em nada os seus hábitos. Não se tornou nem menos nem mais coisa alguma. O mundo permaneceu exatamente igual.

Ao chegar em casa, na noite seguinte, voltando do Congresso, Eleanor – como estava fazendo todos aqueles dias – jantou só com os sobrinhos, sem ele, que, como em todas aquelas noites, fora a Londres e ainda não voltara.

Acomodados nos sofás da ampla sala, Tussy conta aos jovens como a família adorava as comemorações de Natal quando as filhas eram crianças. Tendo ou não dinheiro, Engels lhes enviava champanhe e vinho tinto e eles comemoravam, de alguma maneira. Como aconteceu em 1867, um ano muito especial, ano em que foi publicado o primeiro volume d'*O capital*.

No quarto, o Mouro agitava-se na cama, sem poder se deitar de costas. Os furúnculos ardiam como brasas vivas e o mal-estar que ele sentia era imenso. De tempos em tempos, seus resmungos chegavam até o andar de baixo, na cozinha, onde Möhme, Jennychen, Laura e eu estávamos ajudando Lenchen a fazer o pudim de Natal.

Seu avô sempre sofreu muito com os furúnculos, mas era outra coisa o que o deixava irascível e impaciente naquele dia: era o pesado silêncio com que foi recebida sua obra de tantos anos de sacrifícios, sua *magnum opus*, publicada pela primeira vez na Alemanha poucos meses antes.

Nenhum comentário de ninguém. Nada.

Os furúnculos ardiam, a cabeça estalava. Seus problemas de saúde começavam sempre na cabeça, ele costumava dizer.

Mas o clima lá embaixo, na cozinha, era de animação. Nós todas adorávamos o Natal e ríamos e fazíamos brincadeiras, procurando desanuviar Möhme, imersa em pensamentos lúgubres demais para a ocasião e atenta aos ruídos que vinham do andar de cima.

Jennychen batia os ovos, Laura picava as amêndoas e a pele cristalizada das laranjas. Eu tirava os carocinhos das passas.

Möhme, no entanto, estava mais preocupada do que o usual. E tinha seus motivos. Endividados com todo mundo, naquela manhãzinha mesma Lenchen despachara um credor pensando que ela não tivesse visto, mas ela vira. Só que, tampouco a ela, não era isso realmente o que a preocupava; aos credores batendo em sua porta, de certa forma, Möhme já estava habituada. Naquele dia, o que a abatia era também o silêncio frio e inadmissível em torno da obra do Mouro; era, como ela dizia, essa forma de aplauso preferida dos alemães, o absoluto e completo silêncio.

A batida na porta a fez estremecer (mais um credor?!) e nos alvoroçou. Eu deixei a tigela de passas e corri para abrir a porta. Lenchen, limpando as mãos no avental, veio logo atrás, pronta a dar um jeito se fosse preciso.

Felizmente, não foi.

O jovem entregador ao lado da porta retribuiu meu sorriso radiante e eu a abri completamente. "Feliz Natal para a família Marx", ele disse, e entregou um enorme pacote para Lenchen, Jennychen e Laura, que também vieram ver o que era.

Todas ajudamos a levar o pacote até o saguão. Subi outra vez correndo as escadas para avisar o Mouro, enquanto Möhme se aproximava, curiosa:

– O que será isso?

– Com certeza, não é vinho nem champanhe, nem foi o General quem mandou, mamãe –, disseram as meninas.

– Nem é caixa de livros. É muito maior e veio do senhor Kugelmann, de Hamburgo! Podemos abrir?

– Abram, abram. Vamos ver logo o que é.

E seu avô, de pijamas, segurando minha mão, para no topo da escada e dá sua ruidosa gargalhada ao ver o presente do amigo de Hamburgo: um enorme busto de Zeus, parecidíssimo com ele.

– Olhe a testa da estátua – exclamei, admirada, – é igualzinha à do Mouro.

Eu tinha doze anos nessa época, quando saiu a primeira edição do livro que consumiu mais de quinze anos de trabalho do Mouro e todo tipo de sacrifícios financeiros da família. Foi porque seu avô se dedicou completamente ao trabalho teórico e político não remunerado que vivemos em grande penúria durante aqueles anos.

Mas, para mim, o fato de meu pai passar todos aqueles anos, desde que nasci, escrevendo durante o dia no Museu

Britânico e noite adentro em casa era tão natural como qualquer atividade de qualquer pai. Eu certamente não poderia imaginar que esse trabalho, cujo produto final mudaria o mundo, estava custando tantos sacrifícios a todos que eu amava. Nem tinha como suspeitar que minha infância fosse muito diferente da infância das meninas da minha idade.

Sua avó disse uma vez: "Deve haver poucos livros que foram escritos em circunstâncias tão difíceis, e eu poderia escrever a história secreta desse período, contando os inúmeros, extremamente inúmeros problemas e sofrimentos. Se os trabalhadores tivessem uma ideia dos sacrifícios que foram necessários para que este livro, que foi escrito só para eles e para o bem deles, fosse completado, talvez mostrassem um pouco mais de apreço".

E seu avô também costumava brincar: "Acho que ninguém nunca escreveu sobre dinheiro, tendo tão pouco assim... *O capital* não pagará nem os charutos que fumei ao escrevê-lo". Os dois jovens riem alto.

Tussy vai até sua escrivaninha, abre uma das gavetas e pega uma carta. É uma carta de 1850 – explica –, um ano depois que Mouro e Möhme chegaram a Londres, em um exílio que se arrastou pela França, Bélgica e Alemanha. Foi provavelmente o período mais duro da vida dos dois, cheio de crianças pequenas. Jennychen, a primeira filha, nascera em Paris, Laura e Edgar em Berlim. Logo depois da chegada a Londres, nasceu Guido, que morreria no ano seguinte. E depois, Franciska, que também morreu bebê.

Ela lê para os sobrinhos a carta que sua mãe escreveu a um amigo:

"Permita que eu lhe descreva, tal como realmente transcorreu, apenas um dia de nossa vida, e o senhor verá que poucos refugiados passaram por experiência semelhante.

"Como as amas-de-leite daqui são exorbitantemente caras, eu estava decidida a amamentar meu filho pessoalmente, por mais pavorosas que fossem as dores em meus seios e costas. Mas o pobre anjinho absorvia meu leite com tantas angústias e tristezas silenciadas, que estava sempre gemendo e sofrendo dores agudas, dia e noite. Desde que veio ao mundo, ele nunca dormiu uma noite inteira – no máximo, duas ou três horas. Ultimamente, além disso, tem tido convulsões violentas, e oscila constantemente entre a morte e uma vida miserável. Em sua dor, ele suga com tanta força que fiquei com uma ferida no seio – uma ferida aberta; muitas vezes, o sangue jorra em sua boquinha trêmula.

"Um dia, estava eu sentada quando, de repente, chegou nossa senhoria, a quem pagáramos mais de duzentas e cinquenta *Reichstablers* no inverno, e com quem tínhamos feito um acordo contratual de pagar posteriormente não a ela, mas a seu locador, que a submetera antes ao arresto de seus bens; pois ela negou a existência desse contrato, exigiu as cinco libras que ainda lhe devíamos e, como essa soma não estava disponível, dois meirinhos entraram na casa e determinaram o arresto do pouco que possuíamos – camas, roupas de cama e mesa, roupas pessoais, tudo, até o berço do meu pobre bebê e os melhores brinquedos das meninas, que prorromperam em lágrimas. Eles ameaçaram levar tudo em duas horas – deixando-me deitada no soalho frio, com meus filhos enregelados e meu seio ferido. Nosso amigo Schramn partiu às pressas para o centro da cidade, em busca de ajuda. Subiu num tílburi de aluguel, os cavalos empinaram, ele pulou do veículo e, ensanguentado, trouxeram-no para casa, onde eu me lamentava em companhia de meus pobres filhos trêmulos.

"No dia seguinte, tínhamos que deixar a casa; o tempo estava frio, úmido e nublado, e meu marido saiu à procura de acomodações; quando ele mencionava quatro crianças, ninguém queria nos aceitar. Por fim, um amigo veio nos socorrer, fizemos o pagamento, e vendi às pressas todas as nossas camas, para acertar as contas com os boticários, padeiros, açougueiros e leiteiros, que, assustados com o escândalo feito pelos meirinhos, de repente me sitiaram com suas contas. As camas que eu tinha vendido foram levadas para a calçada e postas numa carreta – e então, o que acontece? Já passava muito do pôr do sol, a lei inglesa proíbe isso, o senhorio apareceu para nos pressionar, acompanhado de policiais, declarou que talvez houvéssemos incluído parte das coisas dele entre as nossas, e disse que estávamos saindo de fininho e indo para o exterior. Em menos de cinco minutos, havia uma multidão de duzentas ou trezentas pessoas boquiabertas à nossa porta, toda a ralé de Chelsea. Lá se foram as camas outra vez para dentro; só poderiam ser entregues ao comprador na manhã seguinte, depois do nascer do sol; assim habilitada a pagar cada vintém, mediante a venda de tudo o que possuíamos, retirei-me com meus amorzinhos para os dois pequenos quartos que agora ocupamos no German Hotel...”

Johnny está emocionado:

– Nunca imaginei que meus avós tivessem passado por uma miséria tão grande.

Edgar, de pé, está com os olhos cheios de lágrimas. Tussy consola os dois:

– Meus queridos, não fiquem assim. Já passou. Não foi fácil mas eles conseguiram enfrentar tudo isso sem se deixar alquebrar. E depois, seu avô sempre teve a amizade de Engels, que nos ajudou a vida inteira. Foi mais ou menos por essa época que Engels viu que a única maneira de garantir condições financeiras para que o Mouro pudesse se dedicar a escrever sua obra teórica era ele – nosso General – abdicar de suas ambições como jornalista e militante em Londres e assumir o emprego na firma do pai, em Manchester. Isso lhe daria uma renda mais estável, parte da qual passou a enviar regularmente a nossa família.

Foi também por esse tempo que seu avô começou a ir com assiduidade ao Museu Britânico, dedicando-se de maneira quase integral ao projeto de expor as profundezas e contradições do capitalismo.

Eles conseguiram fazer o que tinham que fazer, apesar das circunstâncias. E é isso que importa.

E agora, *bonne nuit*, todos para a cama. Amanhã ainda tenho mais um dia de Congresso.

3

A noite está quente e clara, a janela aberta, o outro lado da cama vazio. No quarto, Tussy outra vez não consegue dormir. Seus pensamentos continuam lá, no tempo que passou ao lado dos pais.

As dificuldades que o casal Marx teve que enfrentar pareciam não chegar às filhas – ou, se chegavam, eram já diluídas pela extraordinária força de vida que fluía do casal. Certamente, elas deveriam perceber o que acontecia: afinal, muitas vezes ficavam sem sair no inverno porque suas roupas estavam penhoradas; não podiam ir às aulas porque a mensalidade não fora paga; e aglomeravam-se todas em volta do pai e da mãe nas noites mais frias, porque muitas vezes não havia carvão para o aquecimento.

Mas alguma coisa com certeza acontecia ali, alguma coisa maior do que tudo aquilo, porque essas desventuras não foram sentidas de maneira amarga por nenhuma delas. Era como se esses momentos – quando representavam juntos um drama favorito de Shakespeare, ou escutavam as histórias que o pai contava, ou alguma delas lia um romance em voz alta – perdessem sua sombra negra e adquirissem uma outra qualidade, gravassem nelas um outro significado, mais completo. Este, sim, capaz de deixar sua marca pelo resto de suas vidas.

Impossível imaginar família mais unida e mais visceralmente contente por estar um ao lado do outro. Impossível imaginar criança mais feliz do que Eleanor, a menina que cresceu com *O capital*.

Quando Edward chega, ela tenta conversar. Há dias está preocupada com ele, com seu abcesso que não sara, ele não deveria sair assim.

Mas ele responde com resmungos: - Foi um dia pesado, Eleanor. Deixe-me dormir.

Por que faz tanta questão de passar tantas horas em Londres? O que não pode esperar até que sua saúde se restabeleça? ela pergunta.

Ele não responde. Deita-se em seu lugar na cama, vira-lhe as costas e ajeita o travesseiro.

Como é difícil entendê-lo!

Olha-o com tristeza, como está magro! E como está cada vez mais distante! Ela mal reconhece esse homem com quem uniu sua vida e hoje lhe parece quase um estranho. Onde foi que a vida dos dois perdeu o precário equilíbrio que os manteve unidos aqueles anos? Por que ele a tem tratado com tanta frieza? O que ela fez, se pergunta?

Onde será que errou?

4

Esse seria o último dia dos sobrinhos na Toca, antes de voltarem a Paris. O Congresso terminara e Eleanor pôde dedicar a tarde toda a eles.

Os três saem para passear por Londres, aproveitando a temperatura amena e a luz do verão.

Eleanor ama a sua cidade. Os prédios baixos, espalhando-se como canteiros, entre praças graciosas e parques verdes, ou dourados, ou cinzentos e marrons, ou cobertos pelo branco reluzente da neve. As construções massivas, grandiosas como a força dos trabalhadores que as levantaram: docas, portos, estações ferroviárias, linhas de trem, tudo em perpétuo movimento. A ebulição, o mundo de ideias novas que avançam, agitando tudo à sua volta. O rio, seu belo Tâmisa de cores e humores mutantes. Com que cor se deixará ver hoje?

É para caminhar por suas margens que leva os sobrinhos.

Johnny tem o rosto harmonioso e moreno, parece a mãe. Edgar, os mesmos olhos escuros e doces. Com quem se parecerá Memé, a única filha de Jennychen, que não vê há anos? Ela ama esses sobrinhos como se fossem os filhos que não teve. Pena que o pai dificulte tanto um contato mais frequente com a "tia de Londres"; Eleanor tem de se contentar com esses breves períodos de férias e, mesmo assim, só com os mais velhos. Que seja! Pelo menos, nesses breves períodos, pode cobri-los de afeto, pode sentir como é alegre e diferente uma casa com jovens. Sempre quis ter filhos, mas Edward acha que é assumir demasiadas responsabilidades, é se comprometer demais, é inadmissível. Não quer nem ouvir falar. E por que ela quer ter filhos, ele lhe perguntou uma vez, se já tem seus gatos e cachorros?

Johnny quer saber mais sobre o avô e a mãe. Sem se dar conta, mudara o tom questionador que usava antes quando se referia a Marx. Quer também ouvir mais sobre a avó.

Johanna Bertha Julie Jenny Marx – *née* baronesa de Westphalen – era quatro anos mais velha que o Mouro, a quem conheceu porque o jovem era colega do seu irmão.

Muito inteligente e preparada, livre-pensadora, Jenny se encantou com o gênio e carisma do jovem jornalista e filósofo pobretão, a quem chamava, imaginem vocês, de "meu pequeno javali selvagem".

Edgar e Johnny soltam uma boa risada e Johnny não se contém:

– Meu avô! Um javalizinho! Essa não!

Eleanor, também rindo, continua:

– Sua avó era uma beleza da época. Traços finos, olhos castanho-claros. De Trier, em uma viagem que fez sem ela, já depois de casado, o Mouro lhe escreveu: "Todos os dias e por toda parte perguntam-me sobre *quondam,* 'a moça mais bonita de Trier' e 'a rainha do baile'. É sumamente agradável, para um homem, que sua mulher permaneça assim, na imaginação de toda uma cidade, como uma 'princesa encantada'".

– Com aquela cara... e apaixonado! – ri Edgar.

– Sim, eles foram dois jovens apaixonados. E desde o comecinho tiveram de enfrentar toda sorte de dificuldades. A família de Möhnne jamais entendeu sua escolha, embora admirasse a genialidade do escolhido da filha. De presente de casamento, eles receberam um bom dote em dinheiro – que logo gastaram com camaradas que precisavam mais do que eles –, uma coleção de joias e uma baixela de prata Argyl com o brasão da família. Joias e baixelas que se tornaram muito populares nas casas de penhores de vários países. Imaginem que quando o Mouro foi penhorar a baixela pela primeira vez acabou passando a noite preso. Foi em Bruxelas. A polícia belga achou muito suspeito que um refugiado alemão, sem eira nem beira, pudesse ser o legítimo proprietário de prataria tão nobre e o levou preso. O equívoco só pôde ser desfeito na manhã seguinte, com a intervenção aristocrática de sua avó.

– Como a polícia pode ser tão estúpida...

– Realmente, pode até ser engraçado, contado hoje. E a vida de Möhme foi essa, indo e vindo das casas de penhores; copiando os manuscritos quase indecifráveis do Mouro, incentivando, ajudando, segura da importância do trabalho que ele fazia. Às vezes um tanto nervosa, como não ficar!, com a situação política, as perseguições; demasiado preocupada com a felicidade das filhas. Mas sempre uma figura carinhosa e companheira.

E Tussy conta da primeira – e única – festa-baile que os pais fizeram, depois que receberam a herança da mãe de Marx e do amigo Wilhelm Wolf – a quem é dedicado o primeiro volume d'*O capital*. Foi quando puderam se mudar para uma casa maior em Modenas Villas, Maitland Park.

Eleanor tinha nove anos e um quarto novo, só para ela. Nessa nova casa, cada filha tinha um quarto; Marx, um escritório com vista para o parque e Jenny, um belo jardim com árvores. Compraram novas mobílias e animais de estimação para as crianças, incluindo dois gatos, os primeiros que Tussy teria na vida.

Möhme andava preocupada com o futuro das duas filhas mais velhas, que sempre se viam obrigadas a recusar convites para festas por não poder retribuí-los. Decidiu fazer um baile para os possíveis pretendentes de suas moças. Mais de cinquenta jovens foram convidados e as duas irmãs estavam radiantes em seus vestidos a rigor. Houve música, dança e uma comida tão farta que, no dia seguinte, Tussy pôde convidar os amiguinhos da vizinhança para um lanche improvisado no jardim.

Foi também nessa nova e grande casa que aconteceram as reuniões de organização da Internacional Comunista, a primeira.

Tussy conta:

Eu ficava andando pela sala, animada com todos aqueles amigos do Mouro, até que as discussões mais acaloradas começavam. Ainda ficava por ali, zanzando, escutando, aprendendo com o que dizia um ou outro. Até que me cansava e acabava dormindo no canto de um sofá. Quando a reunião chegava ao final, os companheiros saíam, o Mouro me carregava até o quarto, me deitava e me cobria.

Logo esse curto tempo de bonança acabou e voltamos ao antigo padrão de vida e à casa de penhores. Pois assim era a vida da nossa família, curtos períodos de vacas gordas, quando um dos dois – o Mouro ou Möhme – recebia alguma herança, e longos períodos de dificuldades. Períodos de doenças de sua avó, à beira de um colapso mental pelas preocupações com a família; e períodos em que as dolorosas crises de furúnculos e doenças hepáticas deixavam seu avô sem condições de trabalhar.

Mas se as contas com os médicos se acumulavam, eles sempre davam um jeito de ir para alguma estância de curas termais. E nós, as filhas, por mais que muitas vezes faltássemos à escola por falta de pagamento, tínhamos – e não me perguntem como meus pais conseguiam isso! – aulas de música, piano e ginástica. Möhme era muito preocupada com nosso futuro e dizia que jovens educadas de maneira tão pouco convencional como éramos, vivendo na sociedade em que vivíamos, teríamos que nos sobressair de alguma maneira.

A sala da Toca se enche com os risos dos três chegando do passeio.

Tussy lhes diz:

– Venham, quero lhes mostrar uma coisa. Sua mãe, quando adolescente, tinha um caderno de "Confissões" e fez o Mouro e o General responderem às suas perguntas.

Ladeada pelos sobrinhos, ela abre uma gaveta de sua mesa de trabalho e dela tira um caderno de capas grossas onde lê, primeiro, as respostas de Marx, dadas em meados dos anos 1860:

Sua virtude favorita: simplicidade

Sua virtude favorita no homem: força

Sua virtude favorita na mulher: fraqueza

Sua principal característica: coerência de propósitos

Sua ideia de felicidade: lutar

Sua ideia de infelicidade: submissão

Vício que lhe parece mais perdoável: gula

Vício que lhe parece menos perdoável: servilismo

Ocupação predileta: ler

Poeta favorito: Shakespeare, Esquilo, Goethe

Escritor favorito: Diderot

Herói favorito: Espártaco, Kepler

Heroína favorita: Gretchen (do Fausto, *de Goethe)*

Flor predileta: dafne

Cor predileta: vermelho

Prato predileto: peixe

Máxima predileta: Nihil humani a me alienum puto [Nada do que é humano me é estranho]

Lema favorito: De omnibus dubitandum [Duvidar de tudo]

Em seguida, as respostas de Engels:

Sua virtude favorita: alegria

Sua virtude favorita no homem: ocupar-se de suas próprias coisas

Sua virtude favorita na mulher: não ficar perdendo coisas

Sua principal característica: saber tudo pela metade

Sua ideia de felicidade: Châteaux Margaux 1848

Sua ideia de infelicidade: ir ao dentista

Vício que lhe parece mais perdoável: o excesso de qualquer tipo

Vício que lhe parece menos perdoável: a mesquinharia
Ocupação predileta: ler
Poeta favorito: Reineke de Vox, *Shakespeare, Ariosto etc.*
Escritor favorito: Goethe, Lessing, doutor Samuelson
Herói favorito: nenhum
Heroína favorita: tantas que não dá para mencionar
Flor predileta: jacinto dos bosques
Cor predileta: qualquer uma menos anilina
Prato predileto: frio, salada; quente, cozido irlandês
Máxima predileta: não ter nenhuma
Lema favorito: Vá com calma

A leitura do caderno de Jennychen encerra-se entre risadas, com os sobrinhos interpretando quase como um jogral as respostas de Eleanor que, então, tinha dez anos:

Sua virtude favorita: verdade
Sua virtude favorita no homem: coragem
Sua virtude favorita na mulher: (não respondida)
Sua principal característica: curiosidade
Sua ideia de felicidade: champanhe
Sua ideia de infelicidade: dor de dente
Vício que lhe parece mais perdoável: gazetear
Vício que lhe parece menos perdoável: o Eves Examiner
[livro com 4.000 exercícios escolares]
Ocupação predileta: ginástica
Escritor favorito: Shakespeare
Herói favorito: Garibaldi
Heroína favorita: Lady Jane Grey
Flor predileta: todas
Cor predileta: branco
Seus nomes favoritos: Percy, Hemy, Charles, Edward
Máxima predileta: Vá em frente

Julho: a crise anunciada

1

O sol queima entre as folhas das árvores copadas, no auge do verão daquele ano.

Apesar do úmido e sufocante calor que detesta, Eleanor foi caminhando até a estação perto de sua casa esperar Liebknecht. O velho Library está chegando para passar uns dias em Londres, e Eleanor não admite que ele se hospede em outra casa que não a sua.

Ela mal contém a ansiedade à espera do trem. Liebknecht é um dos poucos amigos do velho grupo que sobrevive, e Eleanor tem inúmeros assuntos a conversar com ele. Sobre os rumos da Internacional, sobre o Partido na Alemanha, sobre os sindicatos ingleses. Sente uma grande necessidade de discutir, com alguém que pertenceu ao grupo de Marx e Engels, os caminhos do socialismo, as dificuldades que tem encontrado, as cisões e rupturas, as posições reformistas. Ela anda decepcionada com muita gente, inclusive com Bernstein e seu revisionismo. Depois da morte do General, sente-se duplamente órfã e quer usufruir ao máximo a presença do velho amigo.

Liebknecht desce do trem e a abraça, apertada e calorosamente. Não contém a surpresa:

– Menina! Como você está magra! O que anda acontecendo?

Para sua grande surpresa, Tussy sente, inesperado, um soluço subir à garganta e a custo consegue se controlar. Não esperava que sua alegria de rever o grande amigo pudesse se manifestar, assim, trazendo junto a profunda tristeza de tudo o que não tem mais. Ela se surpreende com essa emoção espontânea e avassaladora que a tomou sem avisos e que mal a deixa murmurar "Que falta imensa sinto de todos vocês!", enquanto se deixa ficar ali ainda alguns instantes, aninhada no peito amigo.

– Chore, chore, minha menina – lhe diz Library. – E depois me conte o que anda lhe perturbando.

Nos dias que se seguem, os dois conversam, e conversam. Eleanor passa o tempo inteiro ao lado dele e o acompanha para toda parte. Mas, talvez por ainda não ter plena consciência do que está de fato lhe acontecendo, nada diz sobre o motivo maior da grande tristeza que anda sentindo, a indiferença e distância de Edward, sua fria rotina doméstica, a solidão.

Liebknecht tem vontade de rever as ruas dos "tempos terríveis, mas gloriosos", de quando eram todos exilados em Londres, todos jovens, todos imaginando que a revolução estava tão perto, que passava por aquelas ruas junto a eles. Naquela cidade que era, aos olhos de muitos, não só a capital do poderoso Império Britânico, mas, por extensão, a capital do mundo.

Quando Marx e a família chegaram, em 1849, Londres era a maior cidade da época, com dois milhões e meio de habitantes. E embora Paris fosse considerada o centro natural da revolução europeia, era em Londres, com todas as suas contradições, que os refugiados políticos europeus encontravam mais segurança e liberdade. A cidade fervilhava com informações, ideias, teorias novas, atraindo imigrantes de todas as partes. Russos, húngaros, belgas, franceses, alemães. Em 1851, o embaixador prussiano em Londres registrava cerca de mil refugiados estrangeiros participantes de alguma associação política.

Liebknecht quer rever aquela efervescente Londres dos exilados.

Quer caminhar pela acanhada e feia Dean Street.

Lá está o número 28, o pequeno e miserável prédio cinza, feio e sujo, onde nasceu Eleanor, em 16 de janeiro de 1855. No sombrio apartamento de dois quartos, no último andar, vivia a família Marx – então com quatro filhos, e Lenchen, a governanta. O bairro era o Soho, o mais pobre e o mais barato de Londres.

Sair à rua, naqueles tempos, exigia cuidados estratégicos. Além dos credores que vinham diariamente à casa – padeiro, leiteiro, açougueiro –, era preciso evitar também os espiões do Kaiser Frederico Guilherme IV da Prússia, que, não contente em expulsar Marx de seu país, queria saber que atentado, que explosão, que complô esse flamejante e contundente arqui-inimigo poderia estar planejando com seus camaradas.

Em geral, o Mouro se deixava seguir sem criar problemas. Outras vezes, quando estava de bom humor, virava-se de repente e, com o melhor dos seus olhares de Inimigo Público Número 1, encarava o perseguidor que, sem saída, humildemente tirava o chapéu, girava sobre os calcanhares e se mandava, para nunca mais ser visto.

Alguns desses espiões conseguiram se infiltrar. Fazendo-se passar por correligionários, chegaram a ser recebidos na pequena e atravancada sala do minúsculo apartamento, o centro dos exilados alemães em Londres.

Jenny perdera três filhos ainda bebês e, meses depois do nascimento de Eleanor, morre Edgar, aos oito anos, o único filho homem. O desespero com essa perda faz com que o casal já não se conforme em continuar morando no mísero e poluído Soho. A chegada providencial da herança de um tio de Jenny torna possível a mudança para uma casa melhor e mais saudável, em Grafton Terrace, Hampstead, um subúrbio.

As ruas de Hampstead não tinham pavimentos nem iluminação, mas a casa típica de quatro andares, com um pequeno quintal de grama e cascalho, cercada de campos e terrenos baldios, era quase um palácio, comparada ao apartamento do Soho.

Liebknecht quer também passar por lá e sorri, lembrando-se da casa cheia de amigos e dos piqueniques que faziam aos domingos, nos campos dos arredores. Tussy e as irmãs se escondiam atrás dos arbustos, enquanto Marx ou um dos seus amigos de vida inteira, ele, Engels, Wilhelm Wolf, procuravam por elas. Depois, todos se reuniam, entre risos e conversas, ao redor da toalha na relva e do almoço delicioso preparado por Lenchen: um grande pernil de vitela, pão, queijo, às vezes até camarões e, claro, garrafas de bom vinho e galões de cerveja comprados no *pub* mais próximo. No fim da tarde, caminhavam de volta à casa, declamando poemas de Shakespeare e cantando canções folclóricas alemãs. Tussy vinha de mãos dadas, um pouco com o pai, um pouco com a mãe, um pouco com Engels, tentando cantar mais alto que todos eles.

– Você foi uma menina muito, muito alegre – lhe diz Liebknecht. – Brincalhona e travessa. Minha mulher ainda fala de seus cabelos pretos rebeldes e seus grandes olhos escuros, irradiando energia e inteligência, entre as cartas que adorava escrever, os jogos de xadrez, a coleção de selos e bonecas, e os amigos – pequenos como você ou adultos como seus pais. Sua precocidade encantava a todos e sua mãe dizia que você era "política da cabeça aos pés", a menina querida de todos nós, os revolucionários que se reuniam em torno de seu pai. Você deveria ter uns seis anos quando começou a me escrever cartinhas deliciosas, as cartas de uma menininha autoconfiante que tratava com graça e inteligência dos assuntos de gente grande.

Tussy riu, feliz como há séculos não se sentia.

– Ah, como me lembro de tudo isso! Eu mantinha uma correspondência assídua: com você, com Wilhelm Wolf e, claro, com o General – diz, animada. – Escrevi até para Abraham Lincoln, uma vez, dando meu ponto de vista sobre por que estava segura de que o Norte ganharia. Meu pai ria muito quando contava essa história e durante anos guardou minha carta.

De longe, se escutam as risadas dos dois, o velho de cabelos brancos, caminhando ereto com sua bengala, e a expansiva mulher a seu lado, vestida com simplicidade mas elegância.

– Tussy, desde que cheguei não a vejo rir tão feliz – comenta o amigo.

Os dois chegam à Toca onde Edward – que, por causa de Liebknecht, voltava para jantar em casa naqueles dias –, comenta:

– Que alegria a de vocês! Posso saber o motivo?

Mas quando Liebknecht começa a lhe contar como era Tussy criança, ele muda de assunto.

2

O velho Library sente alguma coisa no ar, mas não consegue identificar o que é. Ele sabe que Tussy nunca foi exatamente feliz com Aveling, mas evita se deter nessa questão;

não por falta de interesse, mas por discrição e por não saber como lidar com situações desse tipo. Como vários de seus companheiros, entende que os problemas domésticos se resolvem com o tempo e, a não ser nos extremos, não merecem tanta atenção. Talvez seja melhor fazer vista grossa – se você se negar a vê-los, quem sabe os problemas deixem de existir? Pelo menos, está satisfeito por ver que Tussy, pela primeira vez na vida, está tranquila em termos financeiros. A herança que Engels lhe deixou, além de possibilitar a compra da boa e confortável casa que chamam de A Toca, onde agora estão morando, também proporciona uma renda que lhe permite viver sem apertos. Apesar disso, ele percebe que Eleanor não está exatamente bem, nem animada. Além da morte do General, que a afetou demasiado, ela deixara de comparecer às reuniões da União dos Trabalhadores de Gás para se dedicar a organizar os papéis do pai e aos problemas de saúde de Edward. Liebknecht não achou nada sábia essa decisão: o experimentado militante sabe que o contato com o movimento é fundamental para quem dedica sua vida ao socialismo. Mais ainda no caso de Eleanor, de temperamento tão afetuoso, tão cheio de vida: estar ao lado dos companheiros é o que dá corpo e sangue às ideias que, sem isso, podem ficar abstratas demais, descarnadas. Mais que ninguém, ela precisa disso, desse corpo e sangue, ela que é puro feixe de emoções e sentimentos. Sem essa ligação, as dificuldades começam a parecer muito grandes, a pessoa sente-se isolada, sente-se só e frágil, impotente. Mas Tussy garante que seu afastamento é apenas temporário, que não conseguiria viver sem estar na linha de frente, junto dos companheiros. Como sabe que isso é verdade, ele se tranquiliza. Tussy lhe promete também que vai prestar mais atenção a suas refeições e que, se preciso, procurará um médico.

Em uma daquelas tardes, Liebknecht sai para caminhar com Edward. Aproveita e tenta manifestar sua preocupação com Eleanor, mas Edward se recusa a continuar o assunto e comenta, com azedume, a "saúde de cavalo" que ela tem. Liebknecht acha que não deve insistir, que não seria de bom-tom, e aceita o rumo que seu anfitrião dá à conversa. Quando a saúde de Edward se normalizar, a vida dos dois também entrará nos eixos – espera.

Aproveita aqueles dias para tratar com Eleanor da necessidade de que a história do movimento dos trabalhadores na Inglaterra seja escrita.

– "O General sempre disse que você seria a pessoa mais indicada. Você não apenas conhece a história e a situação atual do movimento dos trabalhadores ingleses – não apenas a conhece, eu diria, quase por hereditariedade – como, desde que começou a pensar e a agir, tem se dedicado de coração e alma a esse movimento."

Eleanor lhe diz que sim, que reconhece a necessidade desse trabalho e promete que começará a pensar e a pesquisar sobre a questão. Conta que tem também o projeto de escrever uma biografia do pai, mas para isso seria imprescindível ter acesso às cartas que Marx escreveu a Engels e que estavam, agora, sob a guarda do Partido Socialista Alemão, num cofre ainda em Londres aos cuidados de Louise Freyberg.

– Mas você sabe, Library, que me recuso a falar com Louise. Estou com as cartas de Engels para o Mouro, que ficaram com os papéis de Marx, mas preciso da permissão de Bebel e Bernstein para copiar as cartas do Mouro para Engels, que ficaram com os papéis de Engels, e acho um absurdo pedir a chave à Louise.

Liebknecht promete ajudá-la nisso.

3

A Toca, 27 de julho de 1897

Minha muito querida Olive,

Há quanto tempo não nos escrevemos!

Há quanto tempo não tenho notícias suas nem dos outros amigos que sempre estiveram tão próximos! Agora estamos cada um para seu lado, cada um envolvido com suas coisas, sua vida, e o máximo que temos, quando temos, são as cartas, amadas cartas, que às vezes escasseiam tanto que chegam quase a desaparecer.

Mas hoje, com esse calor que não deu tréguas o dia todo e que mesmo agora, à noite, faz o ar ficar pesado, opressivo, quase irrespirável, decidi parar um pouco o trabalho, que não está rendendo nada, e lhe escrever como nos velhos tempos.

Será, eu sei, uma carta de desabafo, de desespero, e talvez eu não tenha coragem de enviá-la, mas não importa. Escrevê-la já me servirá de algum consolo, de alguma forma me ajudará. E peço desculpas se depois de tanto tempo lhe escrevo uma carta triste. Mas é que preciso tanto de uma voz amiga, tenho tanta necessidade de um pouco de afeto e compreensão! Às vezes acho que estou muito mal, que vou morrer, querida Olive. Para quê continuar vivendo essa vida de tão poucas alegrias?

Meu casamento vai mal, minha amiga. E sei que você dirá, com seu jeito direto e franco: 'Mas isso não é surpresa, Tussy, seu casamento sempre foi mal'.

Sim, você tem razão. Nunca foi exatamente como eu queria, ou imaginava, ou sonhava, sei lá, depois desses catorze anos já nem sei mais o que realmente imaginava encontrar ao lado de Edward quando decidi ficar com ele. Seja como for, agora está pior.

Há dias não conversamos. Desde que Liebknecht foi embora. Não brigamos, mas não conversamos. Ele se recusa a responder às minhas perguntas, mesmo as mais banais como 'Por que você precisa tanto ir a Londres hoje, se está doente?' Uma pergunta assim o faz se virar e me lançar um olhar tão gelado que imediatamente me sinto equivocada ou injusta ou totalmente sem direitos de querer saber da vida dele que, afinal, é também a minha. Embora isso pareça completamente *en passant*, para ele.

E, no entanto, ainda trabalhamos juntos — e é isso, acho, que me salva. Estamos escrevendo uma introdução para vários artigos do meu pai, que organizamos sob o título 'A Questão Oriental'. Na verdade, escrevi a introdução e ele agora está acrescentando suas modificações. Sempre sem me dirigir a palavra, como se eu não estivesse aqui. Mas, pelo menos por escrito, há essa prova de que, de alguma forma, ainda estamos juntos.

E saímos juntos de manhã para ir ao Congresso do Partido do Trabalho Socialista. Escrevi juntos, mas na verdade não é essa a palavra mais apropriada: saímos um ao lado do outro e tomamos o mesmo trem e fazemos o mesmo trajeto até chegar ao mesmo local de destino e cumprimentar os mesmos companheiros. Mas não nos falamos. Ele friamente ignora todas as minhas tentativas de romper essa barreira incompreensível e cortante entre nós, de quebrar seja lá o que for que impede de tal maneira um mínimo de comunicação. Mas não consigo.

Minha querida Olive, o que está acontecendo comigo? O que está acontecendo com Edward?

Posso vê-la, agora, ao ler essa carta, você, que sempre foi contra meu casamento, balançar a cabeça e dizer: 'Pobre Tussy, eu bem lhe avisei, eu sabia que sua vida seria um inferno'.

O que você nunca entendeu, querida amiga, é que eu amava e ainda amo esse homem. Eu precisava — e ainda preciso dele. Meu pai costumava dizer que eu parecia mais um menino do que uma menina. Foi Edward quem realmente trouxe à tona o feminino em mim. Fui irresistivelmente atraída por ele.

"E depois nossos gostos são muito parecidos. Concordamos em relação ao socialismo. Amamos o teatro. E conseguimos trabalhar muito bem juntos."

Mas agora alguma coisa mudou entre nós. Alguma coisa muito séria, fundamental. Só que não sei o que é, e ele, se sabe, não me fala. E, sozinha, não estou conseguindo entender.

É isso que me faz lhe escrever essa carta – e não sei se estou sendo impertinente por achar que um amigo tem o direito de abrir para o outro seu sofrimento. Mas é que conversar com você, e mesmo lhe escrever, sempre foram para mim coisas tão importantes, me ajudaram em muitos momentos. Como gostaria que você ainda estivesse morando em Londres, pois então iria visitá-la e conversaríamos e conversaríamos e você me diria as verdades que preciso ouvir e imitaria Edward à perfeição e talvez, no final, até conseguíssemos rir de tudo isso.

Por que o mundo tem que ser pior do que se pensa que ele é?

Com o grande afeto de sempre, sua velha amiga, Tussy

Agosto e setembro:
o belo herói

1

Meados de agosto. O calor do verão continua intenso. Eleanor trabalha em seu estúdio mas sente que anda rendendo pouco. Está cansada e gotinhas de suor aparecem em sua testa. Pela enésima vez, como faz todo verão, jura que dará um jeito de conseguir roupas mais apropriadas, mais leves. Talvez amanhã, depois da palestra que fará no Clube Radical, encontre um tempinho para passar em alguma loja. O verão pode estar acabando, mas as folhagens das árvores do jardim ainda não conseguem conter a força bruta do sol.

Levanta-se e vai até a cozinha preparar um chá.

Edward, que estava no quarto, aparece na porta. Inesperadamente, lhe diz que precisam conversar. Uma espécie de bomba explode na frágil e angustiada rotina doméstica de Eleanor.

Como quem está apenas expondo um tipo de problema que não lhe diz muito respeito, Edward finalmente fala alguma coisa. E o que fala é o anúncio de uma catástrofe. Há uma certa jovem em Londres que espera ser recompensada financeiramente de alguma forma e ele precisa de dinheiro, um dinheiro que ele não tem, mas Eleanor, sim. Tem a herança de Engels. Edward espera que ela lhe entregue parte dessa herança. Ou a dita jovem poderá se aborrecer mais do que já está aborrecida e provocar um escândalo público.

Eleanor mal crê no que ouve.

Edward nunca chegara tão longe! Pedir dinheiro para uma de suas amantes!

(Como poderia Eleanor saber que agora, oficial e legalmente, a situação se invertera e a amante era ela? Ainda que sempre considerasse sua união com Edward como um "casamento verdadeiro", essa união nunca fora oficializada. Aveling alegava que a primeira esposa não lhe dava o divórcio e, quando ela faleceu, nada disse a Eleanor, deixando a situação permanecer como estava. Não é nada fácil manter uma casa extra. Edward sente isso na pele, e seu contínuo endividamento se agrava cada vez mais pela vida dupla que está levando. A saída que vislumbrou, certamente a mais fácil, foi o dinheiro de Eleanor.)

A discussão entre os dois foi acalorada.

E frente à recusa terminante dela de compactuar com sua chantagem e gastos excessivos, Edward sai de casa.

Eleanor se desespera.

Sente-se aviltada. Ferida e só. Não sabe o que fazer, o que pensar. Sente-se perdida, mergulhada em um sofrimento ainda maior do que poderia imaginar.

E apesar de tudo, quer que Edward volte.

Precisa dele e precisa de ajuda.

Precisa de alguém que possa interceder junto a ele e convencê-lo a voltar para casa. Desde a morte de Engels, Freddy – o filho de Lenchen – tornara-se um grande amigo, e é com ele que ela se abre. Pede ajuda.

Felizmente, durante o dia, ela ainda consegue reunir forças e se concentrar. Consegue trabalhar.

Escreve várias vezes para Laura, para Kautsky e para Library – que, mais uma vez, fora preso na Alemanha –, mas a nenhum menciona seu sofrimento nem a situação pela qual passa. Havia muitas questões políticas a serem resolvidas – poucos dias antes, eles participaram da conferência anual da SDF (sigla para Federação Democrática Socialista), para a qual haviam voltado depois do falecimento de Engels, e Aveling fora eleito para o comitê executivo. Além disso, Eleanor estava participando do apoio à greve dos maquinistas por oito horas de trabalho – greve que recém começara e provocara uma reação inesperada dos patrões, o locaute. E preocupava-se muito com as posições revisionistas de Bernstein, cuja influência no Partido Alemão crescia à sombra da ausência de Liebknecht, na prisão.

Mais do que nunca, ela tenta mergulhar no movimento maior que a cerca para escapar de seus demônios domésticos. Sua saída e refúgio são a realidade maior da luta para a qual, desde pequena, viveu.

Mas sua tristeza é profunda. A solidão, um vazio que envolve, frio e seco, por dentro e por fora, ela mesma, a casa, a paisagem. Quando chega a sua Toca, após as reuniões, o desânimo a abate. Abre a janela e olha, sem ver, suas árvores. Pensa, infinitamente, no que fazer para trazer Edward de volta.

Mal acredita quando, dias depois, ele regressa à Toca. Como se voltasse de um dia normal de trabalho, como se nada houvesse acontecido.

Ela está em seu estúdio, tentando terminar um artigo, quando Edward chega.

Ele não se desculpa nem dá explicação. Mas parece ofendido porque ela não se levanta para recebê-lo como de costume.

Eleanor não sabe definir bem o que sente ao ver a figura na porta. Alívio? Angústia? Alegria, não, alegria ela já não é capaz de sentir. Ele voltou para ficar?

Permanece sentada, esperando que ele lhe diga alguma coisa.

O silêncio pesa. Ela sente-se sufocar.

Ele nada diz. Olha-a e se vira, preparando-se para deixar o cômodo. Ela não suporta mais:

– "Edward, precisamos conversar sobre o que aconteceu." Ele mal se vira e não a olha. Ela insiste:

– "Nunca esquecerei a maneira como você me tratou." Ele continua sem responder; imutável, dirige-se à porta.

– Espere, Edward, não vá. "Freddy está vindo, talvez amanhã. Com certeza, ainda esta semana" – ela diz, tentando obter uma resposta.

Mas Edward sai do estúdio e fecha a porta, sem nada responder.

Ele tem essa maneira refinada de torturar Eleanor. Não escuta, não responde, não vê. Inerte, gelado. Nenhum músculo de seu rosto se mexe, inalterável. Durante horas, dentro de seu corpo, há uma consciência, mas uma consciência que não existe para ela.

Ele permanece nessa inexistência até o momento em que ela desiste, declara-se vencida, sucumbe, e também ela emudece, isola-se, volta-se para dentro de si mesma.

É quando, então, ele resolve existir. E é assim que muito mais tarde, àquela noite, Edward decide lhe dirigir a palavra.

Mas o que ele diz é, outra vez, mais desesperador do que seu não existir.

Fala baixo mas sem disfarce; sua chantagem torna-se mais dura e grave.

Diz que, se não tiver o dinheiro de que precisa, abandonará imediatamente Eleanor e se casará com a jovem. E diz mais: diz que se não pagar as dívidas corre o risco de ser preso.

Não fica claro, mas parece que ele sugere, que deixa sobrepairar no ar, que deixa se infiltrar na percepção dela, a suprema ignomínia: que fora obrigado a lançar mão do caixa do Partido e que, se não pagar, um escândalo poderá vir à tona.

A quantia que ele diz necessitar é exorbitante.

Na manhã seguinte, Eleanor desesperada escreve a Freddy.

"Meu querido Freddy,

Venha, se puder, esta noite. É uma pena incomodar você; mas estou tão só, e estou cara a cara com a mais horrível posição: completa ruína – tudo, até o último *penny*, ou completa e aberta desonra. É terrível; pior do que imaginei que pudesse ser. E preciso de alguém com quem me consultar. Sei que no final sou eu que devo decidir e ser a responsável, mas um pouco de conselho e de ajuda amiga seria de valor incalculável. Então, querido, querido Freddy, venha. Estou de coração partido."

Freddy atende ao chamado, e vai a sua casa. Eles conversam no pequeno estúdio.

A falta de escrúpulos de Edward parece ter ido longe demais, no entanto, Eleanor não vê outra saída. Sente-se no fim das forças e decide ceder. Quem sabe, depois, o pesadelo termine.

Ela cede, mas sem ter ideia do quanto está cedendo.

Sem saber que, tendo conseguido o que queria, Edward continuará com sua vida dupla, morando parcialmente na Toca, para manter as aparências frente aos amigos socialistas, e mantendo ao mesmo tempo a outra casa, com a nova e esposa oficial, Eva Nelson.

(Até quando pretenderia seguir assim?)

2

Duas semanas depois, e como se nada estivesse acontecendo, os dois vão juntos passar quinze dias com os Lafargue em Paris. Nem Paul nem Laura notam qualquer coisa diferente no casal.

Os dias são de encontros políticos e muitas conversas.

Ninguém pode supor o que se esconde por trás das atitudes de Edward. Eleanor, como sempre, é gentil, atenta aos gestos do companheiro. Ninguém nota que o casal é só de aparências. Ninguém percebe o sofrimento de Eleanor tentando remediar o irremediável; colocando sua vida nas mãos do tempo.

À noite, Eleanor não consegue dormir.

A seu lado, Edward mal se deita e cai em sono profundo, como o mais tranquilo dos homens. É invejável essa capacidade que o marido tem de se bastar em seu mundo.

Ela, no entanto, não consegue esquecer. Há um peso permanente em seu coração que a sufoca e inquieta. Levanta-se e desce as escadas.

A casa que Laura e Paul compraram com a herança de Engels é uma enorme mansão, em Dravéil. Tem trinta quartos, salão de bilhar, salas de leitura e de lazer, escritório, um jardim que mais parece um parque, com estufas e uma grande casa para o jardineiro.

Eleanor sai para o jardim, onde o friozinho das noites de setembro ainda é suave e acolhedor.

Em que luxo está vivendo agora sua irmã, admira-se. Mas não acho que trocaria minha Toca por este palácio, pensa. E como as coisas estão longe de estarem bem por aqui: o movimento dividido, os amigos do peito de ontem são hoje inimigos mortais, e Paul, com sua eterna fanfarronice, sempre declarando – pior ainda, acreditando – *que cela marche admirablement!*

"Ah, la graaaaannnde nation", como dizia Möhme, que nunca foi muito admiradora dos franceses, a quem considerava esnobes e arrogantes.

E Lissagaray, por onde andará? O que pensará de tudo isso? Paul e Laura se recusam a falar sobre ele e, se falarem, vão falar mal, como sempre. Mas como não pensar nele aqui?

Ah, Lissa! Seu belo Lissagaray! A causa de sua primeira e única desavença com o pai.

Quando Johnny, aquela noite na Toca, lhe perguntou se ela nunca se desentendera com o pai, Tussy não teve coragem de lhe contar sobre Lissa.

Na verdade, ela jamais chegou a brigar com o Mouro, jamais teve raiva dele. Nunca. Mas houve momentos em que se sentiu morrer por não ser capaz de entender por que o pai proibia aquele namoro. Por que não queria que a filha se casasse com Lissagaray. Ela sofreu tanto naquela época, justo a época que poderia ter sido a mais feliz, a época do grande amor, e que foi toda dividida entre os belos momentos que passava com Lissa e os momentos de inferno em que temia magoar o pai. Foram nove anos desse namoro proibido.

Nove anos é muito tempo!

Por que o Mouro proibiu tão inflexivelmente que ela se casasse com Lissagaray? Talvez pela decepção e desgosto com os dois genros mais velhos? Jennychen, como Laura, acabara se casando com um francês, Charles Longuet, também militante da Comuna, e que se revelara um péssimo marido, egoísta e grosseiro. Não fossem os filhos, a vida de Jennychen teria sido um inferno. Quanto a Paul Lafargue, Marx nunca aceitou o fato de ele ter ficado noivo de Laura como futuro médico para logo depois se declarar decepcionado com a medicina e viver se metendo em encrencas financeiras e políticas, oportunisticamente recorrendo à generosidade de Engels, como se essa lhe fosse devida.

"Longuet, o último dos proudhonistas, e Lafargue, o último dos bakuninistas!", ele desabafava com Engels. "Que o Diabo os leve!"

E então lhe aparece a caçula, sua queridinha, também apaixonada por um francês!

Difícil aceitar.

Lissagaray tinha todas as características nacionais que Marx e Jenny detestavam: o indivualismo, a vaidade, o *savoir faire*, o topete engomado e a desastrosa fama de duelista e temperamental – além de trinta e quatro anos, o dobro da idade de Eleanor na época.

"Não peço nada dele", Marx escreveu a Engels, "a não ser provas, e não palavras, de que ele é melhor que sua reputação e que existem boas razões para confiarmos nele. O maldito problema é que tenho de ser muito cauteloso e indulgente, por causa da menina."

Sim, a menina estava apaixonada. De maneira completa, romântica e sem saída, como os grandes amores.

Hippolyte-Prosper-Olivier Lissagaray.

Ela o conheceu quando se envolveu no trabalho de ajuda e solidariedade aos perseguidos da Comuna que começaram a chegar a Londres sem dinheiro, sem trabalho, sem assistência.

Alto, moreno, vistoso, de extraordinários olhos negros (como até Jenny, a sogra recalcitrante, tivera que reconhecer), era um belo homem, com seu queixo quadrado e cabelos negros esvoaçantes. Era escritor e jornalista, ousado e brilhante.

Não bastasse tudo isso, era também um dos heróis da Comuna e um de seus principais defensores: estava sozinho na última barricada a cair, e era autor do livro que o próprio sogro, apesar de tudo, considerava como a única história sobre a Comuna digna desse nome.

Impossível Eleanor resistir.

Para seus pais, ele era cabeça quente, individualista, incontrolável, brigão. E, não bastasse isso, já condenado à revelia, à deportação e ao confinamento. Que futuro poderia oferecer à jovem de dezoito anos?

Para Tussy, ele era de suprema coragem, impetuoso, defensor apaixonado de seus ideais.

"Os jovens", ele lhe disse uma vez, "devem ser diligentes e austeros, e não despreocupados, pois não nos deixaram tempo para sermos jovens."

Os dois estavam sentados lado a lado em um banco no Hyde Park e, enquanto falava, Lissa tomou a mão de Eleanor e a colocou dentro da sua. A grande mão do homem alto e forte envolve a mãozinha delicada da adolescente. Lentamente, ele entrelaça, um a um, seus dedos entre os dela. Um a um, lentamente, de maneira ao mesmo tempo delicada e forte, terna e irreversível.

"Ma petite femme", diz ele.

Ela se sente esmorecer por dentro. Nunca sentira esse friozinho subir e transformar seu corpo em fonte de emoção prazerosa. Nunca sentira assim o sopro trêmulo de ar quente subindo de seus pulmões, e ali ficou, sem ousar se mexer, sua mão pequenina e morna respirando, alvoroçada, dentro da grande e poderosa mão de seu primeiro amor.

3

E agora, no vasto jardim quase bosque dos Lafargues, no ar suave de uma noite de setembro, Eleanor lembra-se da noite em que Paul e Laura conheceram Lissa.

Foi no começo do namoro.

Os pais desconfiam, ainda não sabem com certeza, mas já haviam deixado bem claro que não aprovariam nada entre eles. Se Lissagaray continua a frequentar a casa deve-se ao fato de ser uma das figuras importantes do movimento revolucionário francês. Marx o respeita muito; só não o quer como namorado da filha.

Eleanor está excitada e contente porque a irmã e o cunhado finalmente conheceriam seu amado e certamente a ajudariam a convencer o pai a aceitá-lo.

Quando o casal Lafargue chega, a família já está reunida na sala, com vários amigos. Tussy abraça forte a irmã e o cunhado e faz as apresentações. Seus olhos brilham, antecipando o encontro.

Laura e Paul, no entanto, mal estendem a mão ao moreno elegante que se levanta entusiasmado para recebê-los. Tussy olha-os perplexa. O que aconteceu?

Seu entusiasmo pela reunião se arrefece, mas ela se convence de que isso que pensou ser frieza pode ser apenas um pouco de reserva entre pessoas que acabam de se conhecer. Ela quer tanto que eles sejam amigos, por isso está exagerando as coisas. É melhor dar tempo ao tempo. Eles vão gostar de Lissa, com certeza, como poderiam não gostar? Paul também é francês, Paul também lutou na Comuna. Ou será que é por isso mesmo? Por que são franceses, por que lutam pela mesma causa mas com crenças políticas diferentes?

A conversa da noite é animada, mas Tussy nota com apreensão que os Lafargues parecem não escutar quando Lissa fala. Começa a perceber que não poderá contar com a irmã como aliada junto ao pai. Mesmo assim, não estava minimamente preparada para o que aconteceu na hora que o casal se levantou para ir embora.

Laura e Paul cumprimentam e abraçam todos do círculo mas, ostensivamente desta vez, ignoram a mão estendida de Lissa.

Eleanor, perplexa, sem saber o que dizer, acompanha-os até a porta onde, quase sem voz, pergunta à irmã:

– Por que vocês agiram assim?

– Assim, como, *ma chérie?*

– Dessa maneira tão pouco educada e gentil.

– Ora, Eleanor, o que você sabe disso?

– Sei que você e Paul foram odiosos. Tentaram humilhar Lissagaray na frente dos amigos. Se ele veio a nossa casa é porque é digno de estar aqui e ser tratado de maneira educada. Ele é um cavalheiro, não é um...

– Ora, ora. Você ainda é uma criança, Eleanor. Que coisa desagradável. Depois, conversamos com mais calma. Agora, vamos embora, Paul.

Eleanor continua parada na porta, desapontada e furiosa. A atitude da irmã e do cunhado fora inaceitável.

Lissa aproxima-se e a envolve no xale que ela deixara na poltrona.

– Está frio, *ma petite*. Entre.

– Eles não podiam ter feito isso – ela diz, com um fiozinho de voz.

– Não preocupe demasiado essa cabecinha, minha querida Tussy. Laura é sua irmã e Paul é seu cunhado. Não vou brigar com eles. Com o tempo, entenderão. Vamos entrar, agora, ou seus pais começarão a ficar preocupados.

4

Sem contar com a aprovação de ninguém, e proibida de ver Lissagaray, Eleanor toma uma decisão inesperada: sair de casa. Trabalhará como professora em Brighton, para conseguir independência material e, sobretudo, emocional com relação ao pai. Quer se afastar de seu olhar carregado de nuvens, raios e desgosto. Como suportar o olhar contrariado de figura paterna tão poderosa? Como suportar a sombra que parece estar agora entre os dois?

Möhme, embora não aprove o escolhido da filha, teve uma atitude menos intransigente e mais solidária – como parece acontecer com a maioria das mães. Não quer ver Tussy com esse ar de quem perdeu o rumo e a graça da vida, mas não consegue convencer o Mouro, que está decidido a não deixar que sua caçula cometa o mesmo erro das irmãs e se case com quem não poderá fazê-la feliz, ele tem certeza disso. Compactuar três vezes com o mesmo erro é mais que humano, é demais!

"Seja valente, seja corajosa", lhe diz a mãe. "Não deixe essa terrível crise abatê-la."

Se ela tivesse que escolher entre Lissa e o pai, como poderia?

Como decidir, moto próprio, afastar-se do pai a quem se achava completamente ligada? Mas como abdicar – e por que motivo racional o faria? – do homem que amava? Como entender e aceitar a intransigência do Mouro, frente a quem ela é toda admiração, respeito e afeto?

Esse dilaceramento a adoeceu tão gravemente em Brighton que, menos de seis meses depois, teve que voltar para casa.

Eleanor está com dezenove anos e, no auge do sofrimento, coloca uma carta na mesa de trabalho do pai:

"Meu querido Mouro,

"Vou lhe pedir uma coisa, mas, primeiro, quero que me prometa que não vai ficar muito zangado. Eu gostaria de saber, querido Mouro, quando poderei tornar a ver L. É muito difícil não poder vê-lo nunca. Tenho feito o melhor possível para ser paciente, mas isso tem sido dificílimo, e não sinto que possa fazê-lo por muito mais tempo. Não espero que me diga que ele pode vir aqui. Nem sequer me atreveria a desejar isso, mas será que, de vez em quando, não posso dar uma pequena caminhada com ele?

"Quando eu estava muito doente em Brighton (na época em que tinha dois ou três desmaios por dia), L. ia visitar-me e sempre me deixava mais revigorada e mais feliz, além de mais capaz de suportar o fardo pesadíssimo que me recaía nos ombros. Faz muito tempo desde a última vez que o vi, e começo a me sentir tristíssima, a despeito de todos os meus esforços para resistir, pois tenho me empenhado em ficar alegre e animada. Não posso aguentar muito mais.

"Seja como for, querido Mouro, se eu não puder vê-lo agora, não seria possível me dizer quando isso será permitido? Já seria alguma coisa pela qual esperar e, se o tempo não fosse tão indefinido, seria menos desgastante a expectativa.

"Meu querido Mouro, por favor, não fique zangado comigo por escrever isso, e me perdoe por ser egoísta a ponto de voltar a preocupá-lo.

"Sua,"

"Tussy"

"Que isso fique *só entre nous.*"

5

A tensão na casa torna-se quase irrespirável. Nunca antes acontecera nada parecido. Para completar, e talvez por tudo isso, Marx também adoece.

A conselho médico, pai e filha partem para uma temporada nas estâncias termais de Harrogate e, logo depois, Carlsbad. Ele, sofrendo de problemas do fígado agravados pelo esgotamento nervoso e ela, de problemas diagnosticados como exaustão nervosa.

Esta será apenas a primeira de uma série de temporadas em estâncias de curas termais que aconteceriam na vida de Tussy, ao lado do pai, nesses anos em que os dois viveriam problemas de saúde com sintomas parecidos: insônias, dores de cabeça, fraquezas.

A repetir, como o pai, que seus males começavam na cabeça, Eleanor também lamenta que seja sobretudo a preocupação mental o que a aflige.

Juntos, em Carlsbad, os dois aos poucos recuperam o equilíbrio.

A pequena cidade tcheca, incrustada num vale abrupto de montanhas cobertas de florestas, encanta Eleanor. É a estância preferida da aristocracia europeia: para lá vão nomes ilustres como Goethe, Leibniz, Bach, Schiller, Mozart, Paganini, Beethoven, e também os monarcas da Boêmia, da Prússia, da França.

Nesse ambiente sofisticado, pai e filha cumprem uma dieta estrita, tomam águas e banhos, leem, jogam xadrez. Fazem longas caminhadas pelo cenário grandioso, formado pelas arborizadas encostas de granito. E, à tardezinha, sentam-se ao sol para saborear a incomparável cerveja pilsen.

Eleanor pensa constantemente em Lissagaray e começa a acreditar que o tempo será seu grande aliado para convencer o pai. Está decidida: não vai mais se contrapor diretamente ao Mouro para não zangá-lo ou preocupá-lo, mas tampouco abandonará seu noivo. Não pedirá mais para que recebam Lissa em casa e, por enquanto, se encontrará com ele sem que ninguém saiba. Serão talvez menos assíduos os encontros, mas Lissa compreenderá seus motivos e, aos poucos, os dois conseguirão convencer Marx. No otimismo de sua juventude, ela acredita que, se tiver um pouco de paciência, vencerá pela persistência: o pai acabará reconhecendo que a felicidade dela está ao lado do seu belo herói. Apesar da diferença de idade, apesar da sua vida arriscada, apesar de tudo.

Para escândalo dos outros hóspedes burgueses da aristocrática cidade, Tussy começa a fumar. Mas é apenas nisso que o comportamento dos Marx causa algum *frisson*. Pois na verdade, para grande surpresa de todos, eles são obrigados a reconhecer que Eleanor é uma jovem encantadora, bem-preparada e inteligente, e que seu pai, a cabeça do movimento internacional proletário, o arquidenunciado comunista, o Inimigo Público Número 1 é, na verdade, a presença encantadora das reuniões, a "alma da festa", com o comentário certo, o chiste perfeito, a gargalhada contagiante, uma anedota adequada a cada ocasião.

6

Os anos dessa paixão de Eleanor foram os primeiros de sua vida adulta.

Aos vinte anos, seus volumosos cabelos escuros cacheados que voam para todo lado, e os olhos brilhantes, reflexivos, eram os traços que mais chamavam a atenção, além da semelhança com o pai: a grande testa e o nariz.

Não era bonita, mas a graça e a confiança da juventude estavam nela de maneira notável. Intelectualmente brilhante, de raciocínio claro e lógico, voz musical e melodiosa, era atraente, esbelta e cheia de vida.

Podia ser a criatura mais alegre do mundo, ou a mais miserável. E talvez, como a enfermidade que sofrera em Brighton poderia indicar, com tendências à depressão e às crises nervosas.

No grande jardim do castelo de Laura, Eleanor sente um calafrio provocado pelo friozinho da madrugada.

Puxa o xale e devagar vai caminhando de volta ao quarto. De volta ao mundo real. O mundo de Edward.

Ela não quer se abrir com a irmã – acha que não vale a pena e não gosta de se expor, se queixar. Quer, pelo menos na aparência, achar que é forte, que pode resolver seus problemas. Sobretudo, abomina o papel de vítima. No fundo, talvez acredite ser a responsável; que se sua vida não é como sonhou, é ela quem, queira ou não, deve responder por isso.

Quer acreditar, mais uma vez – hoje como ontem –, que o tempo, quem sabe, possa melhorar sua relação com Edward.

(Isso Eleanor ainda não aprendeu. Que há um tipo de problema que o tempo não julga de sua alçada resolver, e só piora.)

Amanhã cedo, ela quer caminhar pelas ruas de Paris.

Caminhar ajuda a pensar.

Ela adora caminhar pelas ruas da cidade que amou desde sua primeira viagem de adolescente. Quando conheceu Paris, tinha catorze anos e o encanto de quem começa a descobrir o mundo. Estava com Jennychen e iam as duas visitar Laura, que acabara de dar à luz o primeiro filho.

Desde a travessia do canal da Mancha, tudo a divertiu. Até o mau tempo fazendo o barco balançar como se fosse brinquedo de um parque de diversões. Ao seu lado, um senhor bem-vestido tira os óculos do bolso da lapela e, com seriedade, coloca-os no rosto, e diz:

"É para evitar enjoos".

Tussy olha espantada para Jennychen e cochicha, sem conseguir conter as risadas:

"Você já ouviu falar de tamanho absurdo?"

Os balanços do barco só fazem aumentar suas risadas.

Eleanor está deslumbrada com tudo o que vê.

E mais deslumbrada ficará ao chegar à Paris de Haussman: os grandes bulevares, o Champs-Elysées recém-construído, as doze avenidas em linha reta que se irradiam a partir do grande arco, as grandes galerias. A bela cidade de ângulos retos, linhas simétricas e harmoniosas, onde mais de vinte mil casas tinham sido demolidas para dar lugar à urbanização moderna dos amplos bulevares.

Tudo fascina a jovem.

A alegria das tardes luminosas da primavera em Paris.

As tardes luminosas da adolescência.

Sete semanas ela passa vagando pelas ruas, como só é possível vagar por aquela cidade de história e modernidade. Para nas esquinas, vê o teatro de bonecos ao ar livre, os engolidores de faca e de tochas flamejantes, os vendedores de castanhas. Aprecia o movimento dos bulevares. As vitrines. O charme dos parques e as ruazinhas estreitas do *quartier* onde moravam os Lafargues, na rua do Cherche-Midi. Para em um ou outro café para se refrescar com um copo de cerveja.

Não bastasse o encantamento da cidade, havia também o sobrinho, lindo e rosado. De repente, descobre que adora crianças e bebês. Acha que também terá um monte deles, que sua casa será cheia de risinhos e barulhos, fraldas e mamadeiras.

Suas cartas para casa – enviadas também a Engels – transbordam com essa alegria. E a mesma menina alegre, brincalhona e feliz, que se transformava na adolescente curiosa, de olhos reluzentes e encantados.

Outubro: dedo enluvado

1

"Se falasse em outro lugar ou em outra época, eu iria direto ao meu tema, que é deixar claro para vocês o que entendemos por socialismo. Mas nesta cidade, e neste momento, eu me sentiria uma covarde, e sentiria estar negligenciando um dever evidente se não me referisse à questão que, tenho certeza, está presente nos corações e mentes de todos os homens e mulheres que aqui estão; está presente nos corações e mentes de todos os homens e mulheres justos. Refiro-me, é claro, ao julgamento dos anarquistas – dizem que é um julgamento – e a condenação à morte de sete homens. Mas eu não hesito em dizer o mais enfática e explicitamente possível que, se a sentença for executada, será um dos mais infames assassinatos legalizados já perpetrados. A execução desses homens será nada mais nada menos que assassinato... Se eles forem assassinados, poderemos dizer dos executantes o que meu pai falou daqueles que massacraram o povo de Paris. 'Eles já estão expostos no pelourinho eterno, do qual nem todas as preces de seus padres conseguirão redimi-los'."

Eleanor começou assim seu discurso em Chicago.

Era 1886, ano de grande comoção. Acabara de acontecer o Julgamento dos Oito de Chicago, acusados de terem explodido uma bomba, matando um policial nas passeatas de maio pela jornada de oito horas de trabalho. O julgamento – um dos mais venais da história – fora realizado precipitadamente, condenando, sem provas, sete deles à pena de morte, a ser executada em dezembro.

Uma grande campanha para que os oito trabalhadores fossem a novo julgamento se espalhava por todo o país. Eleanor, em seus discursos, denunciava uma condenação que se dera "não pelos fatos dos quais eram inocentes nem pela cor de suas opiniões políticas, mas simples e unicamente por que são trabalhadores que se opõem ao atual sistema".

Era a primeira viagem de Eleanor e Edward ao Novo Mundo.

Convidados pelo Partido Socialista do Trabalho, o objetivo do casal era divulgar o socialismo na América, onde o movimento apenas começava. Em mais de três meses, os dois e Liebknecht – que logo se juntou a eles – visitaram quarenta e seis cidades, com programação às vezes tão intensa quanto quatro comícios e reuniões por dia.

A imprensa, socialista e burguesa, com reportagens, perfis, entrevistas, dava enorme publicidade à filha de Marx; as multidões só faziam aumentar por onde eles fossem.

Quando chegaram a Chicago, quase sitiada naquele momento, foi uma apoteose.

No comício no Aurora Turner Hall a multidão era tanta que as pessoas, de tão apertadas, não conseguiam mexer os braços para aplaudir todas ao mesmo tempo.

2

Agora, doze anos depois, Eleanor e Edward – em outra das inúmeras viagens de divulgação do socialismo que sempre fizeram – estão no trem noturno que, de Paris, segue para Lancaster, onde foram convidados a uma série de palestras.

Viajam em completo silêncio.

Sentada na poltrona da janela, Eleanor olha a noite sem vida através do vidro. As estações são todas iguais, principalmente em noites assim, sem lua nem estrelas, de céu apagado, céu morto.

O silêncio entre ela e Edward já lhe é tão familiar que, de certa forma, a tranquiliza. É uma espécie de segurança: se Edward não disser nada, nada de pior acontecerá. É a estabilidade e segurança do vazio. Quando Eleanor constata, como agora, que às vezes isso pode ser reconfortante, compreende também que é um sinal do extremo a que chegou sua relação com ele.

Então Edward se levanta e diz, quase num sussurro, que vai ao comboio-restaurante. E não a convida. Com certeza, planeja se sentar à mesa de alguma senhorita atraente e lhe oferecer um drinque.

Ah, como ela o conhece bem!

Eleanor aproxima o rosto do vidro frio da janela e seu olhar procura distinguir alguma forma na paisagem escura, deixada com estridência e fagulhas para trás. São muitas as viagens que já fez com Aveling nesses anos; poucas de passeio, quase todas para divulgação do socialismo. É um trabalho árduo, sem dúvida, mas é o trabalho em que acredita, é sua vida, o legado que escolheu.

Na verdade, esse trabalho ao lado de Aveling é o que existe de mais concreto no casamento dos dois. Sempre trabalharam bem juntos e ela costumava se sentir mais confiante ao lado dele. Edward a estimulou intelectualmente, desde o começo, isso não há como negar. Talvez porque ele tivesse a formação acadêmica que ela nunca teve, sua aprovação lhe dava um aval do qual sempre sentiu necessidade. Ou talvez – seus inimigos diriam – por seu oportunismo ser tamanho que ele era capaz de instigá-la ao trabalho só para depois assinar o nome ao lado do seu sobrenome, Marx. Sim, seus desafetos poderiam sugerir uma coisa dessas, mas ela sabe que não é verdade, e sabe que muitos dos velhos amigos do Mouro também admiram o trabalho intelectual de Edward.

Como Engels, cuja opinião ela prezava como se fosse a de seu pai. Engels sempre esteve ao lado de Edward. E de maneira incondicional. Como durante a infame campanha de calúnias levantadas em torno daquela primeira viagem de ambos à América.

3

Desde o comecinho dos dez dias de travessia do Atlântico, aconteceu de tudo na viagem aos Estados Unidos. As baleias intempestivas e a agitação dos golfinhos; a luz do sol unindo céu e mar em uma mesma imensidão e, à noite, a luz da lua se espelhando nas águas; e a morte de uma passageira que ia ao encontro do marido na América. Na manhãzinha fria em que o corpo da mulher morta foi envolvido em panos e jogado ao mar, depois da rápida cerimônia fúnebre, Tussy sentiu uma súbita tristeza.

Nunca tinha visto nada tão lúgubre e desolador.

No porto de Manhattan, ao chegarem, Eleanor e Edward foram recebidos por uma multidão com fitas vermelhas e repórteres que se lançaram sobre eles como se fossem personalidades longo tempo esperadas. No Brommer's Park, de Nova York, Eleanor foi ovacionada ao falar para um público de mais de vinte e cinco mil pessoas:

"Vamos lançar três bombas para as massas: agitação, educação, organização."

E continuou:

"A essa altura, vocês já terão compreendido que o socialismo não é exatamente o que nossos inimigos e seus empregados na imprensa apresentam. Invariavelmente, uma das primeiras coisas que eles dizem é que nós, socialistas, queremos abolir a propriedade privada; que não admitimos o 'direito sagrado de propriedade'. Mas, ao contrário, é a classe capitalista hoje que está confiscando nossa propriedade privada. E é porque acreditamos no 'direito sagrado' de vocês àquilo que possuem que queremos que vocês possuam o que hoje é tomado de vocês. Vimos, no discurso que antes fez o doutor Aveling, como toda riqueza, tudo que hoje chamamos de capital é produzido pelo trabalho de vocês. Vimos como através do trabalho não pago do povo uma pequena classe se torna cada vez mais rica, e como queremos pôr um fim nisso, abolindo toda a propriedade privada de terras, máquinas, fábricas, minas, ferrovias etc.; em uma palavra, de todos os meios de produção e distribuição. Mas isso não é abolir a propriedade privada. Isso significa dar propriedade aos milhares e milhões que hoje não têm nenhuma.

"Os capitalistas aboliram a 'propriedade privada' das classes trabalhadoras, e nós pretendemos que ela lhes seja devolvida. Todos os homens, então, terão o direito à 'propriedade privada', pois todos os homens pertencerão a uma só classe – a classe dos produtores.

"Depois, a vocês é dito que os socialistas não querem lei nem ordem. Realmente, nós não queremos o que hoje eles chamam de ordem, pois a ordem de hoje é desordem. A anarquia prevalece por toda parte. Encontramos homens milionários e homens que morrem de fome; mulheres que possuem milhões e milhões e mulheres que têm que escolher entre a fome ou a prostituição. Nós não chamamos isso de ordem. Nós não achamos que seja 'ordem' um homem trabalhar dez, doze, catorze ou até mais horas por dia e, no final da vida, não ter nada de seu. Nós não achamos que seja 'ordem' mulheres terem que se prostituir. Nós não achamos que seja 'ordem' quando de um lado existem fábricas e depósitos abarrotados com superprodução e, de outro, milhares e milhares de pessoas que precisam desses mesmos artigos que apodrecem nas lojas. Tudo isso é desordem, e queremos acabar com isso e colocar uma ordem verdadeira no lugar.

"Agora, quanto à lei. Nós queremos lei; mas uma lei que seja justa, e justa para todos os homens e mulheres. E aqueles que gritam que não temos lei, por acaso respeitam suas próprias leis? Não, eles as desobedecem, mesmo essas leis ruins. Leis feitas por uma classe em seu próprio interesse são desobedecidas pelos homens que as fizeram..."

4

Foi uma viagem cansativa mas estimulante; de muito trabalho mas também de alegrias pelo entusiasmo com que eram recebidos.

Em um final de tarde, no quarto do hotel, Eleanor mal tem tempo para se trocar e se arrumar para o próximo encontro. Acabaram de chegar de uma reunião muito calorosa e se preparam para um jantar e depois mais uma palestra para uma plateia de classe média, curiosa sobre o socialismo. Ela coloca o vestido de veludo azul, seu preferido. A larga gola de renda branca cria um bonito contraste com o escuro aveludado. Como sempre, prende em um coque discreto os cabelos negros e volumosos.

Aveling também parece contente. Na reunião da tarde, seu discurso foi brilhante e os companheiros o cumprimentaram com entusiasmo.

Ele se aproxima de Eleanor e diz:

– Espere um momento. Tenho uma surpresa para você. – Busca um pacote sobre o aparador e dele tira um pequeno buquê de flores artificiais para vestido. É um arranjo de flores vermelhas, delicadas e miúdas.

O buquê é lindo. É muito raro um gesto atencioso assim de Aveling. Eleanor fica radiante.

No comício, depois do jantar, seu discurso causa grande impacto na plateia.

"O temor – ela diz – de que depois da abolição da propriedade privada ninguém possa dizer 'meu casaco', 'meu relógio', e assim por diante, não tem o menor fundamento. Ao contrário. As milhares de pessoas que hoje não possuem absolutamente nada, com o socialismo poderão dizer 'meu casaco', mas nenhum indivíduo ou conjunto de indivíduos poderá dizer 'minha fábrica' ou 'minha terra' e, sobretudo, nenhum homem poderá dizer em relação a outro homem: 'minhas mãos'."

E termina falando sobre a força física: "Nenhum socialista quer usá-la. Mas, assim como os americanos lutaram pela abolição da escravidão, também os socialistas terão de lutar para abolir a escravidão do salário".

5

Essa viagem, que tanto fez pela divulgação do socialismo nos Estados Unidos, terminaria com um grande escândalo.

Depois de percorrer uma grande parte dos Estados Unidos e sentir o que estava acontecendo no país, Aveling e Eleanor se convenceram de que o Partido Socialista estava isolado do movimento das massas. Acreditavam que os socialistas deveriam fazer um esforço no sentido de se unir às forças sindicais que por toda parte estavam se organizando e adquirindo influência cada vez maior.

Na reunião de balanço, um dia antes da partida do casal, Aveling mais uma vez defendeu essa posição que a Executiva do Partido considerava inaceitável. Houve, ao que tudo indica, uma grave ruptura política e, quando ele apresentou as contas dos gastos de sua viagem, o caldo entornou.

Quando o convite fora feito ao casal, ficara estabelecido que as despesas de Eleanor não estariam incluídas. O Partido pagaria apenas as despesas de Edward e as de Liebknecht. Aveling, no entanto, apresentou as despesas completas do casal e solicitou que a própria Executiva as examinasse e reembolsasse as que julgasse legítimas. Essa atitude foi considerada uma tentativa de fazer o Partido pagar por tudo e, depois da ruptura política, tornou-se o pretexto para uma longa e suja campanha difamatória.

Ao embarcarem no navio de volta a Londres, na gelada manhã de Natal em Nova York, o casal estava rompido com o Partido americano. Mal podiam imaginar, no entanto, o que os esperava ao chegar à Europa.

Com o título "Divulgar o socialismo parece um bom negócio", um artigo publicado no *New Herald* acusava Aveling de ter apresentado uma conta exorbitante à Executiva do Partido que o convidara. Contas que incluíam diárias em hotéis de primeira classe, ingressos de teatro, os melhores vinhos, "charutos e cigarros para sua emancipada senhora" e até "buquês de flores artificiais para realçar a beleza da senhora Aveling".

Apesar de não provadas e quase anônimas, essas denúncias ganharam as manchetes dos jornais americanos. Espalharam-se. Foram publicadas nos jornais europeus nos dias em que o casal, desavisado, atravessava o Atlântico.

Assim que chegaram a Londres, Aveling e Eleanor encontraram o escândalo armado. Imediatamente, começaram a batalha de desmentidos, contando com o apoio imediato e irrestrito de Engels:

"Conheço Aveling há quatro anos e sei que já por duas vezes sacrificou sua posição social e econômica a suas convicções. Não fosse isso, ele poderia ser um professor universitário e um fisiologista eminente e não um jornalista com sobretrabalho e renda incerta... já tive condições de observar suas capacidades e seu caráter, ao trabalhar com ele, e seria necessário muito mais do que meras declarações e insinuações para que eu pudesse levar a sério o que algumas pessoas agora estão falando sobre ele em Nova York.

"E, de qualquer forma, se ele tentou enganar o partido, como poderia ter feito isso na viagem sem o conhecimento de sua esposa? E, nesse caso, a acusação também incluiria ela. O que é completamente absurdo, pelo menos a meus olhos. Ela, eu conheço desde criança, e nos últimos dezessete anos tem estado constantemente perto de mim. E, mais ainda, eu herdei de Marx a obrigação de apoiar suas filhas como ele mesmo teria apoiado, e de cuidar, dentro do que estiver em meu poder, para que elas não sejam ofendidas. E isso eu farei, apesar de todas as Executivas. A filha de Marx enganando a classe operária – realmente!

"Ou então, dizem que 'ninguém aqui imagina que o doutor Aveling colocou o dinheiro em seu bolso, ou o gastou *como as notas indicam*. Acreditam que ele apenas tentou cobrir os gastos da esposa'. Isso é outra acusação de falsificação, e é dito como uma suposição amenizada e caridosa. Se essa é a acusação atenuada, qual seria a acusação completa?"

Engels, na verdade, sempre considerara temerário um militante de classe média estabelecer transações de dinheiro com o movimento operário, sobretudo em seus estágios iniciais. Marx e ele sempre evitaram qualquer relação com o Partido que envolvesse dinheiro.

Em cartas indignadas aos amigos socialistas da América e Alemanha, sua intervenção conseguiu frear a campanha e esclarecer as coisas. Ficou patente a má-fé de alguns membros da Executiva do Partido americano, irritados com a divergência de Aveling em relação à posição política defendida por eles. Outras acusações e desmandos desse mesmo grupo do Partido vieram à tona logo depois.

Mas Eleanor não tem ilusões: sabe que sempre fica um travo amargo desse tipo de coisa. Todos conhecem a fama de Aveling que, "no mínimo, é pouco cuidadoso, para não dizer pouco escrupuloso, em matéria de dinheiro". Cada nova acusação agrega um pouco de lama. Até amigos, como Bernard Shaw, diziam que "se se trata de dar a vida por uma causa, pode-se confiar em Aveling, embora ele carregue todas as nossas bolsas com ele para o cadafalso".

6

O vento gelado entra pelas frestas da janela e o frio do norte da Inglaterra vai ocupando o trem. Tussy enrola-se no casaco. Quer mudar o rumo de seus pensamentos, quer pensar em coisas que possam descansar sua mente e coração.

Edward ainda não voltou da cabine do restaurante. Deve estar, mais uma vez, envolvendo alguém em seu manto de sussurros e olhares que parecem ver a pessoa por dentro, mas, de fato, nada veem a não ser seu próprio reflexo.

Ah, Edward!

Ela se concentra nos barulhos do comboio e se lembra de uma outra viagem de trem que fizera de Paris para Manchester. Era tão jovem e feliz! Tinha quinze anos e ia passar uma temporada de cinco meses com o General, que já morava com sua segunda mulher, Lizzie Burns.

Lizzie é ruiva, liberada, irlandesa e militante. É também uma mulher do povo, exuberante e divertida. Embora quase iletrada, bem mais velha – tem quarenta e três anos – ela e Tussy tornam-se grandes amigas.

À mocinha, que então ganhara o apelido de "Pobre Nação Esquecida", por sua paixão pela luta dos irlandeses, Lizzie mostra onde moram e trabalham seus compatriotas em Manchester. Tussy pode ver, com os próprios olhos, a dura condição de vida dos imigrantes.

De volta à casa, no insuportável calor da tarde de verão, as duas tiram os espartilhos, as meias e sapatos e só de anáguas e blusinhas de algodão sentam-se no chão fresco, tomando cerveja e esperando, entre muita conversa e brincadeiras, Engels voltar do trabalho.

Riem a tarde toda, e Lizzie lhe ensina animadas canções folclóricas irlandesas e a faz conhecer de perto o jeito irlandês de viver.

Para a adolescente londrina, esses modos livres são uma bela novidade.

Tussy estava lá quando Engels, depois de dezenove anos, finalmente conseguiu vender sua empresa, como vinha planejando há tempos. Uma parte da renda ele repassaria para Marx e, com a outra, poderia se mudar para Londres e se dedicar ao movimento revolucionário, como sempre desejou.

Bonachão, amante dos bons vinhos e das boas coisas da vida, caloroso e otimista, sua amizade de vida inteira com Marx é tão rara que a história parece não registrar outra igual.

Eleanor conhece bem essa história.

Quando o General e o Mouro se encontraram pela segunda vez em Paris, em 1844 – depois de uma rápida primeira vez em Colônia –, eram dois jovens e impetuosos revolucionários. Foram dez dias que passaram conversando e se reconhecendo mutuamente como duas pessoas excepcionais que se completavam e queriam trabalhar juntas. Tinham a mesma paixão política e o mesmo ardor revolucionário; a grande diferença entre os dois era a família rica de Engels. Desde então, tornaram-se inseparáveis. Começaram a trabalhar juntos, escrevendo *A sagrada família, A ideologia alemã, o Manifesto comunista*, e incontáveis artigos para os jornais alemães.

Logo ficou claro para os dois que o momento exigia, como nunca, o aprofundamento dos princípios teóricos da revolução, guia imprescindível para a ação política, e que Marx era o mais capaz para essa tarefa. Engels não tinha dúvida sobre a genialidade do amigo.

"Toda a minha vida fiz o que fui destinado a fazer, isto é, tocar o segundo violino. Acredito que me desempenhei toleravelmente bem. E fui feliz por ter um primeiro violino tão excelente quanto Marx", gostava de dizer.

A partir de então, tomou para si a tarefa de ajudar a criar condições para que Marx pudesse se dedicar completamente à elaboração teórica que consideravam imprescindível para a luta política. Tomou a dura decisão de voltar à empresa familiar – onde ficou durante dezenove anos – até que, depois da morte do pai, foi possível vender sua parte e dividir a renda com o Mouro. Só então pôde mudar para Londres e se dedicar, ele também, à militância revolucionária.

Foi morar perto da casa dos Marx, no número 122 da Regent's Park Road, onde viveria até quase o final de seus dias.

Tussy estava lá, em Manchester, na manhã daquele esperado dia de 1869, em que Engels acertaria a venda da empresa para se mudar para Londres. Estava lá quando ele disse, triunfante, ao colocar suas botas antes de sair:

"Pela última vez!"

Poucas horas depois, junto com Lizzie, ela foi esperá-lo no portão.

E lá veio ele pelo campo em frente à casa, girando sua bengala no ar e cantando a plenos pulmões. Seu rosto brilhava e seu porte era de intenso júbilo.

Tussy e Lizzie o abraçaram, calorosas, e entraram todos em casa e se sentaram à mesa para celebrar, bebendo champanhe e sendo felizes.

Pois felizes eles eram.

Aqueles foram meses de piqueniques, festas, exposições e teatro, muitos amigos e brincadeiras. Engels era tão brincalhão que se dava ao trabalho de disfarçar sua letra e escrever cartas que enviava para Marx pedindo que as postasse para Tussy de um bairro bem improvável para ela não descobrir que eram dele!

Mas além e mais do que as brincadeiras, ele não descuidava da educação da adolescente e também lhe dava tarefas precisas, como ler todo o Goethe e outros autores importantes da época. Saíam, depois, para longas caminhadas e compartilhavam o mesmo senso de humor, alegria, consideração pelos outros, e interesse pela vida.

Foi essa a educação nada ortodoxa da jovem Eleanor. O que provavelmente a fez conhecer mais de política e literatura do que qualquer adolescente de sua idade.

Ao voltar dessa temporada com o General, começou a ajudar o pai a arrumar seus papéis, e a auxiliá-lo na correspondência e organização de seu material de pesquisa, tarefa que já fora das irmãs. Era um trabalho e tanto mergulhar no mundo dos livros e papéis do Mouro, procurando a origem de uma citação, encaminhando sua numerosa correspondência, copiando em letra legível as partes ilegíveis dos manuscritos, colocando ordem no infindável volume de papéis que pareciam brotar em jorros incessantes da fronte poderosa do Mouro.

Além disso, e da mesma maneira intensa como acompanhava a luta dos irlandeses, Tussy logo se interessou também – completamente, como costumam fazer os jovens – pela política na França.

Quando começou a Guerra Franco-Prussiana, todos da família foram profundamente envolvidos pelos acontecimentos. Era como se a casa de Maitland Park não estivesse em Londres mas na Paris sitiada por cento e trinta e cinco dias, no final dos quais a cidade capitulou.

Os socialistas se reuniam ali, dia e noite, para discutir como fazer avançar o movimento. Jennychen e Tussy acompanhavam tudo atentamente.

Engels, especialista em história e artes militares, escrevia vários artigos sobre os acontecimentos, e o pagamento que recebia – uma quantia razoável – era dividido na hora com Marx, o que fez as meninas, rindo, proclamarem-no, imediatamente, "o primeiro despojo de guerra em forma de corretagem".

E aconteceu, então, a Comuna de Paris.

Novembro: um casamento verdadeiro

1

De Lancaster e seu horroroso clima, Edward volta para Londres com pneumonia.

Estão outra vez na Toca, mas Tussy sente que nada, nada está bem.

A relação entre os dois está tão deteriorada que sequer se dão ao trabalho de trocar as palavras que fazem parte das trivialidades cotidianas. É esta a realidade banal de seu drama, ela pensa: um casal que não se deseja mais nem bom-dia. Ao chegar, Edward vai direto para seu quarto. Está se sentindo realmente fraco.

Deita-se e pede a Gertrude, a empregada, que lhe traga um chá.

Eleanor cuida de seus remédios, em completo silêncio. No quarto dos dois, ouve-se apenas o barulho provocado pelos frascos e colheres de medida.

Ela aproxima-se da cama e diz, em voz baixa: "Por favor, Edward, abra a boca".

Com ar desconsolado, ele toma o remédio e vira-se para o outro lado.

Eleanor sobe para seu estúdio. Vê a pilha de correspondências acumuladas nos dias da viagem, e começa a abri-las. Entre elas encontra uma pequena carta de Bernard Shaw, convidando-os para a estreia de uma peça sua.

Ah, como gostaria de ir, rever os velhos amigos do teatro, sentir a contida efervescência e excitação de uma noite de estreia!

Foi numa noite de teatro que ela e Edward se conheceram. Uma noite organizada justamente por Shaw, que tocou, com elegância, uma das "Canções sem Palavras" de Mendelssohn ao piano.

Aplausos encheram o pequeno auditório.

Mas foi quando Eleanor subiu ao palco e declamou o monólogo de Ofélia, que as pessoas se puseram de pé para aplaudir, gritando "Bravos!".

O jovem doutor Edward Aveling levantou-se para cumprimentá-la, e elogiou, de maneira emocionada, sua voz e sua interpretação:

– Notáveis, notáveis – ele disse. – Fiquei profundamente tocado.

Ela já o vira outras vezes, embora seu tipo físico não tivesse lhe chamado a atenção – meio corcunda e baixinho, muito feio, com um jeito de olhar oblíquo –, "olhar de réptil", como dizia Olive, que tinha um horror quase premonitório dele: "Dizer que não gosto de Aveling não é suficiente. Ele é demasiado egoísta, embora apenas isso tampouco dê conta do meu sentimento de temor. Senti isso a primeira vez que o vi, e combati esse sentimento por causa da minha amiga; mas ele resiste, forte como nunca".

Para Eleanor, no entanto, a sensação foi toda diferente. Quando Aveling começou a falar, sua voz em sussurros e seus olhos penetrantes se detiveram exclusivamente nela, e a envolveram como se sobre os dois depusesse um manto. Um manto quente e protetor.

Pelo menos, foi assim que ela se sentiu aquela primeira vez, e se sentiria sempre que ele quisesse fazê-la se sentir assim.

A partir daquela noite, Aveling começou a fazer parte do grupo de teatro amador que se apresentava para angariar fundos para o movimento socialista e sindical.

Desde aquele comecinho, no entanto, desde aquela primeira noite, as mentiras e a dissimulação o acompanharam como uma segunda pele.

Disse que era irlandês, mas não era. Fez-se passar por solteiro, mas já era casado – e por dinheiro, comentaram depois. Comentaram também que ele era notoriamente falso e pouco confiável. Ambicioso, interesseiro, autoindulgente, exibicionista. Aproveitador, vivia tomando dinheiro emprestado e se esquecendo de pagar. Além de mulherengo compulsivo.

"Inquestionavelmente, um cachorro".

Esses eram os termos que ninguém poupava ao falar de Aveling. Muito menos os amigos de Eleanor que, quase unanimemente, não gostavam dele.

Mas, fossem ou não exagerados, outra coisa havia em Aveling, inexplicável, apesar da feiura: um charme irresistível para algumas mulheres.

E justiça lhe seja feita: era brilhante orador, muito inteligente e com uma promissora carreira científica pela frente – era formado em biologia –, que abandonou para se dedicar ao socialismo e à dramaturgia.

2

Quando os dois se conheceram, Marx já estava gravemente doente, falecendo logo depois. Não chegou a conhecer

Aveling, que editava um jornal para o qual pediu a Eleanor um obituário do pai.

Da família restavam, agora, ela e Laura, a irmã complicada, com quem Tussy nunca se dera muito bem e da qual só aos poucos ia se aproximando.

Lenchen foi trabalhar como governanta de Engels e Eleanor passou a morar sozinha até um ano depois, quando decidiu viver abertamente com Edward.

Ela tem, então, vinte e nove anos. Ele, seis anos mais.

Tomar essa decisão não foi tão fácil. Não pelo que as pessoas pensavam dele, pois Eleanor, apaixonada, se recusava a dar importância à rejeição e à fileira de adjetivos e comentários maldosos que acompanhavam Aveling. Seu problema era de outra ordem: na Inglaterra vitoriana, poucos aceitavam a relação aberta com um homem casado.

Mas, como era do seu feitio, ela enfrenta a questão sem subterfúgios. Gosta de tudo bem definido e claro à sua volta, e escreve aos amigos, comunicando sua decisão e pedindo-lhes que se sintam livres para aceitá-la ou não.

Escreve a Dollie, amiga de vários anos:

"Minha muito querida Dollie.

"Eu pretendia contar a você esta manhã quais são os planos sobre os quais lhe falei – mas de alguma maneira é mais fácil escrever – e talvez seja mais justo com você, porque assim poderá pensar sobre o que vou lhe dizer. Bom, é isto: vou viver com Edward Aveling como sua esposa. Você sabe que ele é casado, e que não posso legalmente ser sua esposa, mas será um casamento verdadeiro para mim – tanto quanto uma dúzia de registros poderiam oficializar... Edward não via a esposa há muitos, muitos anos quando o conheci, e que ele teve seus motivos para deixá-la – você entenderá melhor quando eu lhe contar que Engels, o mais velho amigo de meu pai, e Lenchen, que tem sido uma mãe para nós, aprovaram o que vou fazer, e compreendem perfeitamente as razões.

"Não quero que você comente nada sobre isso por enquanto, pela simples razão de que desejo estar com Edward antes de anunciarmos publicamente nossa união. Dentro de três semanas, vamos viajar por um pequeno período – só preciso de descanso – e então, com certeza, todo mundo saberá – na verdade, pretendemos avisar a todos que nos são caros. Quando regressarmos, vamos morar juntos e se amor, um entendimento perfeito em gosto e trabalho e a luta pelos mesmos objetivos podem fazer as pessoas felizes, nós seremos felizes. Já contei a alguns poucos amigos, e quero que você e Ernest também saibam porque assim poderão decidir qual será a posição de vocês. Eu compreenderei perfeitamente se acharem que sua posição será a de não aceitar, e não deixarei de pensar em vocês com o mesmo afeto, mesmo se não pudermos mais contar com vocês entre os nossos amigos mais próximos.

"Sempre com muito carinho, minha velha e querida amiga,

Sua Tussy

"*P.S.* Quero realmente que você entenda, Dollie, que embora sinta que não estou fazendo nada de errado, apenas o que meus pais teriam aprovado, como faz Engels, posso compreender, no entanto, que pessoas que foram criadas de modo diferente, com todas as velhas ideias e preconceitos, poderão considerar que estou muito errada, e se você pensar assim, não ficarei chateada e tentarei me pôr no seu lugar. Você sabe que tenho uma capacidade muito desenvolvida de ver as coisas 'do outro lado'."

Eleanor escreve também a um jovem amigo operário escocês, consciente do puritanismo das classes trabalhadoras: "Acho que é correto lhe informar, a você que é tanto amigo – se posso dizer assim – quanto companheiro na luta pela causa – do passo importante que acabo de dar... Não estamos causando nenhum dano a nenhum ser humano. O doutor Aveling é moralmente livre como se a ligação que o prendeu anos atrás, e que foi cortada anos antes de eu conhecê-lo, nunca existisse. Nós dois sentimos que tínhamos o direito de descartar todas as falsas e realmente imorais convenções burguesas, e fico feliz de poder dizer que recebemos a única coisa que realmente conta para nós: a aprovação de nossos amigos e companheiros socialistas. Posso esperar que você esteja entre os que compreendem nossos motivos? De qualquer maneira, é justo que, como um dos mais ativos e competentes propagandistas na Escócia, você fique sabendo..."

3

Eleanor e Edward são pobres e levam uma vida dura.

Ela faz pesquisas no Museu Britânico e escreve artigos assinados por quem os encomenda. Dá aulas particulares. Dá cursos e palestras sobre Shakespeare e arte dramática.

Seu trabalho político também se intensifica. Escreve artigos semanais para os jornais socialistas e começa a fazer suas primeiras palestras e discursos em reuniões políticas. Escreve pequenos ensaios políticos publicados como panfletos.

Traduz peças políticas e literárias. Foi a primeira tradutora de *Madame Bovary,* de Flaubert, para o inglês, e se apaixonou tanto por Ibsen que aprendeu norueguês para traduzi-lo. A primeira leitura da *Casa de bonecas* na Inglaterra foi feita no apartamento deles, ela fazendo o papel de Nora, Aveling o de Helmer, e Shaw o de Krogstadt.

Edward ganha mal e, de saúde complicada, passa semanas em repouso absoluto.

Mas também ele tem intensa atividade política. Ajuda Sam Moore na tradução de *O capital* para o inglês, enquanto Tussy pesquisa as citações originais e suas fontes. Os dois publicam juntos panfletos de divulgação, "O inferno da fábrica" (1885), "A questão da mulher" (1886), "O movimento da classe operária na América" (1888).

Apesar de todos os problemas com Aveling, esses foram os anos em que a contribuição de Eleanor tornou-se de grande importância para o movimento revolucionário internacional. Foi uma época de desenvolvimento do socialismo não só na Inglaterra mas em outros países da Europa e das Américas, e o momento da fundação da Segunda Internacional Socialista. Por seus contatos e proficiência em várias línguas, ela foi uma peça-chave desse momento.

O grupo de Eleanor e Aveling forma a Liga Socialista, desvinculando-se da SDF. O objetivo é divulgar os princípios do socialismo. Ela contribui regularmente com o jornal mensal da Liga como responsável pelas notícias do exterior. É presença obrigatória nas reuniões e comícios, onde acaba cuidando também do trabalho miúdo, desde garantir que não faltem os jornais da Liga nos encontros, nem lanche para os companheiros nas longas reuniões, até organizar piqueniques, festas e apresentações para angariar fundos.

Naqueles anos, Eleanor sente-se muito bem.

Parece encarnar com perfeição os princípios de Marx, combinando a teoria com um profundo sentimento humano, coisa desconhecida no mundo da política. Sente-se realizada e responsável, plenamente capaz de dedicar seus talentos a serviço dos seus companheiros.

Pelo menos no plano político.

Na sua relação com Edward, as coisas são um pouco diferentes.

4

No pequeno apartamento onde foram morar, Tussy, uma manhã, passa verniz em suas coisas. Passa verniz na mesa, nas cadeiras, no assoalho. Enverniza tudo. É a rainha do verniz.

Ao chegar em casa, Aveling se espanta com o brilho novo da sala e ela lhe diz, bem-humorada:

"Se o clima permitisse, acho que também me envernizaria."

Só não diz que, se pudesse, ah!, se pudesse, também passaria uma boa camada de verniz sobre Edward, com certeza passaria! Se pudesse, lhe daria um brilho novo, claro, algo que o fizesse mais leve, mais próximo. Mais real.

Tudo foi tão insatisfatório, desde o começo. Cheio de desencantos.

Certamente, ela conhecia os comentários sobre os hábitos dissolutos dele e sabia o quanto era vaidoso e egoísta. Sem dúvida, ouvira os rumores sobre sua honestidade, o diz que diz sobre malversação de fundos e irregularidades financeiras na associação científica da qual fora vice-presidente. Sempre rumores, sempre sem provas.

Mas se Eleanor pensou, como as mulheres apaixonadas tantas vezes pensam, que a vida de casado poderia mudá-lo, logo deve ter se dado conta de que não seria assim.

Edward é como uma enguia, uma neblina espessa que não se deixa agarrar.

Sempre sai para jantar com amigos, todo animado, porque são jantares onde mulheres também estarão presentes. Mas nunca a leva. Diz que precisa sentir-se livre para viver, que não aceita um relacionamento amoroso como sinônimo de prisão, que estranha que ela, logo ela, a filha de Marx, possa considerar o outro, o objeto de seu afeto, como propriedade privada, que viver com ela não significa viver só para ela, que o sentimento de posse amorosa é tão odioso quanto qualquer outro sentimento de posse de um ser humano. Se foi a ela que ele escolheu como mulher com quem viver, isso já é suficiente, isso deve lhe bastar.

Edward diz essas coisas como se fossem uma verdade muito conhecida, um suave murmúrio, quase uma grande declaração de amor, e a envolve, com seu manto de sussurros e de certezas.

Quando consegue reagir, Eleanor responde que ele confunde as coisas, que não o considera, absolutamente, propriedade sua, que respeita sua liberdade e a defende, mas o relacionamento amoroso, quando verdadeiro, é exigente e é da natureza do amor querer a presença da pessoa amada. O que lhe pede é que ele fique com ela aquela noite, sente-se só porque ele sai sempre, e nunca a leva. É só isso.

Depois das discussões, com perplexidade ela o vê zanzar pela casa como criança despreocupada, sem tristezas nem remorsos. Enquanto ela se desespera, ele se esquece completamente do conflito de poucos minutos atrás! Como se os problemas escorressem por sua pele, incapazes de penetrar mais fundo. De certa forma, ela inveja essa capacidade que Edward tem de passar incólume pelas coisas, de num momento para outro esquecer qualquer disputa. Mas o reverso dessa capacidade – a incapacidade de sentir profundamente alguma coisa a menos que se sinta pessoalmente incomodado –, é talvez o que Eleanor considera a maior falha no caráter dele.

"Apesar de todo o sofrimento e tristeza, é melhor ter sentimentos fortes do que não ter sentimento nenhum", ela acredita.

5

A Toca, novembro de 1897

Minha querida Olive,

Mais uma vez lhe escrevo uma carta de desabafo que não sei se terei coragem de enviar. Mas preciso tanto me abrir com alguém... Como sinto falta de nosso grupo, de nossa amizade, desse afeto que sempre senti ao lado seu, de Dollie, Radford, Havelock. "Toda minha natureza anseia por afeto. E desde que meus pais morreram, tenho tido tão pouco de amor verdadeiro – i.e. puro, sem egoísmos. Se alguma vez você tivesse conhecido nossa casa, se tivesse visto meu pai e minha mãe, soubesse o que ele era para mim, você entenderia melhor minha necessidade de amor, de dar e receber, e minha grande necessidade de compreensão..." Mas, vocês, que eram meus amigos sinceros, eu fui perdendo aos poucos. E por minha culpa, eu sei – por minha incapacidade de deixar Aveling.

Mas, apesar de saber de seus defeitos – e creio que ninguém os conhece melhor do que eu –, o que nunca pude aceitar foram as campanhas de difamação contra ele, as acusações sem provas. Quantas vezes falaram de empréstimos e falcatruas; falaram de sua primeira esposa que estaria vivendo em grande miséria; e, pior ainda, falaram que ele se casara comigo para explorar o nome de Karl Marx. Quantas vezes falaram tudo isso, sem nenhuma prova! Eu não poderia aceitar.

Mesmo na casa de amigos próximos, como Kautsky, vivi cenas desagradáveis e constrangedoras. Uma tarde – não sei se lhe contei na ocasião – chegamos para visitá-los, quando Kautsky ainda estava casado com Louise, que era minha amiga na época – que ironia pensar que um dia cheguei a considerar essa mulher uma amiga! – e lá estava hospedada a senhora Schack, aquela figura excêntrica que todos chamavam de condessa anarquista, você a conheceu?

Pois assim que nos viu chegar, ela acintosamente levantou-se e se retirou a seus aposentos, dizendo que não toleraria a presença de Aveling. Eu, claro, não pude aceitar isso e pedi a Louise que me levasse até ela e exigi que me dissesse o que tinha contra meu marido. A condessa se recusou a responder.

'Desculpe-me, mas seu comportamento é odioso e baixo', eu lhe disse.

Ela quis me intimidar: 'Não admito ser insultada dessa maneira', respondeu.

'Pois permita-me repetir, na presença de Louise Kautsky, que é baixo e odioso fazer tais acusações sem declarar seus motivos', continuei, mas ela saiu como um raio do quarto, à beira da apoplexia.

Sei que você vai rir dessa história, mas ela não é engraçada, querida Olive. A condessa, realmente, não me importava, mas foram incontáveis os amigos que perdi por causa de Aveling. Muitos camaradas, nos quais eu confiava, simplesmente se recusavam a trabalhar com ele.

É como se um terreno pantanoso o cercasse, por onde quer que fosse. As provas não existem ou não são mostradas, mas as acusações e o mal-estar persistem à sua volta. São acusações de malversações de fundos, são empréstimos que não são pagos, são mulheres e mulheres e mulheres.

O que me restava fazer a não ser defendê-lo? Eu, que desde criança vi meus seres mais queridos serem difamados e caluniados. O que mais me dói, no entanto – e a você eu posso confessar isso –, é ver o enorme contraste que existe em defender os princípios do meu pai, e ter que refutar as acusações ao caráter de Aveling. Isso me humilha e magoa mais do que eu poderia descrever.

As situações constrangedoras se repetiram constantemente em todos esses anos. Quantas vezes, ao meu lado e contra a minha vontade, ele não pedia duas, cinco libras a algum amigo, dizendo que pagaria em uma semana e, 'se eu não pagar', ele dizia e me apontava, 'Tussy paga'. Ele nunca me chama de Tussy, a não ser nessas horas, e eu só falto morrer de abatimento e vergonha.

"É tão ruim de minha parte ficar escrevendo essas coisas! Fico aqui me queixando, logo eu que detesto tanto me queixar." Mas você me perdoaria se soubesse como isso me ajuda.

O que me fazia aguentar tudo isso? – você deve ter se perguntado muitas vezes, como eu me perguntei nesses anos todos.

"Uma alternativa seria deixar Aveling e viver sozinha. Não posso fazer isso; isso o levaria à ruína e não me faria realmente bem."

Não me faria bem; eu não poderia viver só, sem me sentir ligada a alguém. E apesar de tudo, apesar de tudo, acho que, no fundo, ele me ama pelo menos um pouco, ou, se não me ama, pelo menos precisa de mim. Quando ele me olha como se quisesse me ver por dentro e me diz com sua voz sussurrante, o que são elas, essas mulheres?, vento, brisa passageira, só você importa, só você tem raízes, só você fica, quando ele diz essas coisas, Olive, eu... não sei, ele parece tão verdadeiro e eu, por mais que não queira, por mais que não queira me iludir, acredito que há um pouco de verdade nisso, e fico.

Pois é preciso que também lhe diga, querida amiga, que Aveling, afinal, não é um monstro. Deixe que eu também fale dos bons momentos, que foram muitos.... e isso eu não quero esquecer.

Não quero esquecer a viagem que fizemos à Noruega, para conhecer a terra encantada de Ibsen, nem os dias no 'Castelo', a cabana que alugamos em Warwickshire, o coração da Inglaterra, terra de Shakespeare. Era uma fazendinha, com duas cabanas, uma das quais alugamos, a quatro quilômetros de Stratford. O fazendeiro primeiro tentou nos explicar que elas eram só para trabalhadores – não conseguia entender por que queríamos alugá--la. Você entenderia. Na parte de baixo havia uma grande cozinha – de pedra, claro –, e na parte de cima, três quartos, muito pequenos. Além disso, tínhamos um quarto de acre de terra... Edward ia lá fora e desenterrava nossas batatas quando precisávamos, e plantávamos todo tipo de coisas. Não consigo lhe dizer quanto era encantadora aquela vida no campo, e justo na terra de Shakespeare! Íamos trabalhar alguns dias por semana na casa onde ele nasceu (com a permissão do bibliotecário do local). Aveling dedicava-se sobretudo a suas peças e aos artigos, e eu traduzia Ibsen, a paixão do nosso grupo na época, disso você sabe tanto quanto eu. E juntos trabalhávamos no texto que depois foi publicado como 'O socialismo de Shelley', não sei se você chegou a ver. Depois desse período de férias, continuamos alugando a fazendinha ainda por um bom tempo e lá íamos passar os fins de semana. Voltávamos sempre trazendo batatas e ovos para Engels e Lenchen, todos ainda vivos. Ah, que bons tempos aqueles!

Éramos muito pobres, você deve se lembrar, e levávamos uma vida apertada. Trabalhávamos muito e a situação muitas vezes se agravava, com a saúde precária de Aveling, e as crises renais que o deixavam, por meses, impossibilitado de trabalhar. Sem ter como pagar alguém para nos ajudar, eu era obrigada a acrescentar a meus próprios trabalhos o de cuidar dele e de substituí-lo nos compromissos políticos mais importantes.

Mas era assim a minha vida durante aqueles bons anos, quando eu estava toda envolvida na organização do movimento dos trabalhadores, e era representante do Sindicato de Trabalhadores de Gás, participava da Sociedade Bloomsbury e do Comitê Central para as oito horas. As atividades de Aveling eram semelhantes: ele acumulava trabalhos como professor, tradutor, jornalista, orador, organizador político. Além de ser também ator como eu, em nosso grupo de amadores, era dramaturgo – ele teve, sim, várias peças montadas profissionalmente com algum sucesso, você ficou sabendo?

Naqueles anos, a cena política se agitava e havia um burburinho, um entusiasmo, uma efervescência que hoje não vejo mais, em lugar nenhum. Ao acordar, eu pensava, com prazer, "o dia, e todas as coisas, estão à minha espera". Aveling e eu escrevíamos folhetos, dávamos conferências nos Clubes Radicais e muitas outras associações, onde quer que nos chamassem. Nosso objetivo era fazer propaganda da necessidade da implantação de um partido independente dos trabalhadores. Sentíamos como se Londres fosse o centro do mundo operário, com seus trabalhadores se organizando em sindicatos e associações. Depois da Greve das Docas de 1889, houve um avanço grande no movimento, e as ruas se agitavam com marchas, demonstrações, comícios.

Eu discursava e discursava. Para tantas pessoas, minha querida amiga, que pareciam gostar de mim. Os comícios eram gigantescos naquele momento. Você não estava aqui, mas certamente deve ter ouvido a respeito. Conseguíamos reunir até trezentas mil pessoas no Hyde Park. Em um deles, em protesto contra a repressão ao movimento irlandês, eu estava com aquele vestido de pelúcia verde, que você me ajudou a escolher, combinando com um chapeuzinho verde, lembra-se da loja onde o compramos naquela tarde divertida em que você, Dolly e eu fizemos uma excursão pela Oxford Street? Depois do comício saiu um artigo no Daily Telegraph dizendo – você vai gostar disso – que eu tinha uma maneira muito bonita e persuasiva de colocar as ideias socialistas e revolucionárias como se fossem os pensamentos mais nobres do mundo. Veja só! Dizia que eu "convencia o público da necessidade de ajudar a pobre Irlanda, como se ao fazer isso eles estivessem também ajudando a si mesmos e à causa à qual eles estão ligados". "Com seu dedo enluvado", sim senhora, é verdade. Com meu dedo enluvado, achei tão engraçado que nunca me esqueci –, "Eleanor Marx apontava diretamente a chaga da opressão e foi entusiasticamente aplaudida pelo discurso feito com absoluto autocontrole."

Sim, minha Olive, as pessoas pareciam gostar de sua amiga!

Acho que elas percebiam como acredito no que digo. Como tenho certeza de que o mundo pode se tornar melhor quando todos dedicarmos nossa força para isso. Minha eloquência vem dessa necessidade de convencer para o socialismo, do meu esforço em aplicar os conceitos mais complicados ao cotidiano, procurando dar-lhes carne e osso para torná-los mais compreensíveis.

Mas agora tenho que parar e retomar o artigo que devo terminar ainda hoje, sobre a greve dos maquinistas. "O movimento se transformou em um confronto direto entre os sindicatos e a federação dos empresários. Há muito tempo não há na Inglaterra um movimento assim. Infelizmente, alguns dos nossos socialistas não entendem e dizem que não é um movimento socialista! *Les imbéciles!"*

Minha querida amiga, você nem imagina como para mim é importante poder falar um pouco com você, ainda que assim indiretamente, e mesmo sem saber se enviarei ou não esta carta.

Com todo o afeto de sua Tussy

P.S. Fiquei pensando e acho que, quando disse acima que as pessoas parecem gostar de mim, não é totalmente verdade, não no plano pessoal, pelo menos. "Tenho tão poucas coisas em mim que possam atrair ou interessar outras pessoas. Que você, por exemplo, goste de mim é um dos mistérios que para sempre permanecerá indecifrável."

Dezembro: os domingos no parque

1

Aquele dezembro foi de frio, gelo e desespero. Tussy olha pela janela e nada a atrai lá fora.

Edward esteve todo o mês doente. Por ordens médicas, foi passar uns dias no sol e clima quente de Harding. Não quis que Eleanor o acompanhasse.

Disse-lhe que não estava tão mal assim e que gastariam muito se ela também fosse. (Ele, que jamais poupava gastos, manifestar esse cuidado!) E ademais, seria só por poucos dias.

Apesar da preocupação, foram dias de certa calma para Eleanor. Ela retomou o trabalho com os manuscritos do pai e um ensaio sobre a história do movimento operário inglês. De certa forma, depois de tudo, ficar sozinha era uma espécie de alívio. Quando Aveling voltou, estava melhor da pneumonia, mas com o problema dos rins agravado. Esse abcesso, que nunca cura completamente, só pode ser grave. Eleanor acredita que Edward não resistirá muito tempo. Não vê saída a não ser dedicar-se completamente a ele.

Sua tristeza só faz aumentar. Ela escreve a Freddy:

"Sim – eu algumas vezes sinto como você, Freddy, que nada nunca sai bem para nós. Quero dizer, você e eu. Claro, a pobre Jenny teve sua parte bem grande de tristezas e problemas, e Laura perdeu seus filhos. Mas Jenny teve a sorte de morrer, e por mais que isso seja triste para seus filhos, há momentos em que acho que foi uma sorte. Eu não desejaria que Jenny passasse pelo que passei. Não acho que nem você nem eu temos sido pessoas más – e, no entanto, querido Freddy, parece que estamos sendo punidos. Quando você pode vir? Pois quero muito vê-lo. Edward está melhor, mas está muito, muito fraco".

2

Esse inverno está sendo o mais terrível de sua vida.

Ela já viveu outros invernos terríveis, é verdade, mas então sentia as coisas de forma diferente. Havia um objetivo, uma intenção, uma certeza na luta que dava às dificuldades – por maiores que fossem – uma outra densidade, mais leve, uma outra cor, sabendo que a mudança viria e a vida seria melhor. Era um sofrimento de batalha, e o entusiasmo da luta e dos companheiros dava um outro caráter a tudo, a solidariedade entre os iguais: "Nós, tão poucos, felizes poucos, nós, bando de irmãos".

Sem ir muito longe, bastava pensar na desastrosa situação de Londres, no inverno de 1887, quando a recessão e o desemprego encheram a rua de espantoso sofrimento: mulheres, crianças, velhos sem agasalho e sem comida.

Logo surgiram manifestações que o governo começou a reprimir.

No domingo, 13 de novembro, foi convocada uma grande manifestação em Trafalgar Square, em protesto contra a situação de desemprego, a perseguição aos irlandeses e pela liberdade de expressão.

O dia amanhece gelado. Sopra um vento penetrante e uma garoa lúgubre começa a cair. Mas nada assusta os grupos que se reuniram em locais diferentes e saem em marcha por vários itinerários, para se encontrarem na praça. São verdadeiras multidões, puxadas por bandas de músicas e ladeadas por mulheres carregando bandeiras vermelhas, marchando em direção ao local do encontro. Apesar do frio, da fome, do desemprego, do temor pelo futuro, lá está entre eles aquela espécie de euforia que sempre está onde o povo se reúne para lutar por um direito seu.

De repente a polícia montada ataca, em vários lugares ao mesmo tempo; cassetetes, porretes, cavalos por todo lado. Policiais rasgando bandeiras, arrancando os instrumentos da banda, dispersando os manifestantes.

Atacando, batendo, perseguindo, ferindo, matando.

A confusão é enorme. Pessoas correm, gritam, jogam pedras.

Eleanor não vê mas sente uma cacetada no braço e outra na cabeça. É jogada no chão. Seu chapéu e seu casaco se rasgam, se enlameiam, mas ela não sente dor, só perplexidade e indignação, pura adrenalina. Um companheiro a ajuda a se levantar.

– Covardes! Covardes! – ela grita.

No total, milhares de feridos, centenas de presos e pelo menos dois mortos. O céu soturno é uma capa de chumbo que pesa sobre todos.

Esse foi o domingo que ficou conhecido na história de Londres como o "Domingo Sangrento". Foi a primeira vez que, atrás dos procedimentos burgueses civilizados, os londrinos viram a exibição crua do poder do Estado em ação e sentiram nos ossos e na carne sua força bruta. Foi um choque. E protestos logo pipocaram por toda a cidade.

Foi só mais ou menos por essa época que Eleanor, chegando aos trinta e três anos, começa a ter um contato mais próximo com o bloco mais miserável da classe trabalhadora inglesa. Seu trabalho político começa a levá-la para os bairros do East End londrino.

O que vê a estarrece.

Andando pelas ruas e vielas daquele que é o bairro mais miserável da grande metrópole, ela encontra situações que a deixam sem dormir. É um pesadelo ver mulheres e crianças prestes a morrer de fome e frio, ver os homens nas docas do porto trabalhando como animais a troco de um salário que não daria para alimentar a família, ver as marcas da fome e do sofrimento nos rostos de crianças.

Embora, desde que se entende por gente, tenha se dedicado à luta pelo socialismo e convivido com os líderes mais combatentes da época, Tussy ainda não tivera um grande contato com esses homens e mulheres cujo caminho para a libertação seu pai ajudara a traçar.

Uma coisa é saber, em teoria, do que é capaz a exploração e a diferença de classes; outra bem diferente é ver de perto o quanto a vida pode ser cruel, o quanto pode ser "uma história contada por um idiota, cheia de som e fúria, nada significando".

Eleanor sente-se à deriva. Está frente a frente com a mais dura miséria de uma das cidades mais ricas do mundo onde meio milhão de homens e um milhão de mulheres estão desempregados. "Tanto horror é inaceitável. Ela volta para casa devastada pela urgência e o tanto que é preciso fazer."

3

Chega 1889, o ano da fundação da Segunda Internacional, no Congresso Internacional Socialista realizado em Paris. Eleanor trabalha como intérprete em três línguas. Não para, indo de um lugar a outro, presente a todas as sessões.

Um dos pontos aprovados foi o dia 1º de maio para a convocação de uma manifestação internacional dos trabalhadores em um único dia, todos unidos em torno da exigência da jornada de trabalho de oito horas.

Na Inglaterra, começa a greve dos trabalhadores de gás, que se espalha como onda pelo setor industrial de Londres. Greves quase sempre são assim, contagiosas, podem virar epidemia. Quando trabalhadores de uma fábrica resolvem lutar por seus direitos, esse exemplo se torna quase irresistível porque por toda parte a situação é exatamente a mesma: salários miseráveis e terríveis condições de trabalho, como a longa jornada de trabalho, de dez a doze horas naquele momento.

Nas portas das fábricas, Eleanor sobe em caixotes, bancos ou mesas para falar, não importa a hora: de manhã, de tarde e de noite. As bandeiras vermelhas enchem as ruas e as marchas saem, ao som das bandinhas, conclamando os grevistas, angariando doações para o fundo de greve. Ela participa de passeatas, recolhe doações, organiza os encontros e manifestações. Elabora material de apoio, coordena as comissões e os trabalhos dos advogados que defendem os presos da greve.

Por onde quer que apareça, com seu entusiasmo e veemência, deixa sua marca e faz uma diferença. Todos a querem, a chamam, amam sua presença.

Tussy volta para casa altas horas da noite. Ainda mora no pequeno apartamento perto do Museu Britânico. Senta-se no sofá e aconchega seus dois gatos pretos, com laços de fitas vermelhas nos pescoços, olhos como pequeninos focos de luz e pelos de seda pura. Abraça-os, extenuada, preocupada, mas segura de que o resultado de uma greve quase sempre significa um avanço na organização dos trabalhadores. É nesses dias que ela ajuda a formar a primeira seção feminina do Sindicato Nacional dos Trabalhadores de Gás e dos

Trabalhadores Gerais. Acredita que a luta não vai terminar quando conseguirem o aumento do salário. A vitória só será duradoura se os trabalhadores aprenderem a se organizar, trabalhadores qualificados junto aos trabalhadores gerais, homens junto das mulheres.

Ela quer comentar com Aveling como foi o discurso que fez naquela tarde, numa manifestação no Victoria Park para uma multidão de mais de dez mil trabalhadores das fábricas de Silvertown, estivadores, mineradores de carvão, pintores, eletricistas, homens e mulheres.

– Os próximos dias serão críticos, eu disse, pois se o fundo de greve não funcionar, os trabalhadores serão levados à submissão pela fome. Você não acha, Edward?

Aveling, no entanto, está de saída. Pega seu casaco e, sem prestar atenção no que ela está falando, lhe diz:

– Certo. Vou sair um pouco. Não sei a que horas volto.

– Não está muito tarde para sair? – Tussy pergunta, desapontada. Queria tanto conversar um pouco, relaxar, tomar uma taça de vinho, tirar de algum lugar um pouco de tranquilidade e sossego.

Mas ele mal responde:

– Ora! E só não me esperar, Eleanor.

4

E como foi magnífico o primeiro domingo de maio de 1891, quando o Hyde Park, de repente, se viu tomado por uma multidão nunca vista.

Mais de trezentas mil pessoas!

Uma multidão espantosa, um comício gigantesco!

Foi a primeira comemoração da data convocada pela Internacional, e Eleanor e Aveling trabalharam exaustivamente em sua organização, convencendo as várias organizações independentes a se unirem em uma única manifestação no mesmo dia em que o mundo inteiro estaria na mesma luta.

E ali estava o resultado: um mar de cabeça contra cabeça, as bandeiras em ondas vermelhas agitadas no alto sem parar.

Foram necessários sete palanques onde os oradores pudessem subir para falar à multidão. Engels, Aveling e Eleanor falaram do palanque dos socialistas.

Engels escreveu a Laura que se sentira "alguns centímetros mais alto ao descer do palanque de madeira velha, depois de ter escutado outra vez, em quarenta anos, a voz inconfundível do proletariado inglês".

Depois do comício, exausto mas eufórico e "mais alto alguns centímetros", o grupo foi para a casa do General, comemorar com vinho tinto e champanhe o memorável domingo no parque.

No domingo seguinte, Eleanor estava em outra manifestação no Hyde Park, desta vez dos trabalhadores ferroviários. O dia chuvoso não dispersou a multidão de mais de trinta mil pessoas que, molhadas, cantaram *La Marseillaise* e aplaudiram o discurso da filha de Marx:

"Os trabalhadores das ferrovias estão entre os que trabalham mais duro e recebem os piores salários. No entanto, poucos têm tanto poder: se eles compreendessem esse poder, seria impossível para as companhias de estradas de ferro negar suas reivindicações. Eles podem paralisar a indústria do país inteiro. E homens que podem fazer isso certamente podem conseguir um benefício tão pequeno como as oito horas de trabalho".

Sua admirável voz de atriz se erguia segura e emocionada:

"A vitória de uma greve nem sempre é puro ganho, nem uma greve derrotada é, necessariamente, pura perda. Algumas vezes... é melhor lutar e perder do que não lutar... Todas as centenas de greves grandes e pequenas apontam para uma mesma conclusão... a de que o sindicalismo e as greves, por si só, não emanciparão a classe trabalhadora... cuja liberdade econômica só poderá ser conseguida através do domínio do poder político no interesse de sua própria classe".

5

Se alguém quisesse uma imagem de Eleanor naquela época, uma imagem que pudesse resumir uma parte importante de sua vida, seria ela cercada de uma pilha de livros sob o belo domo do salão oval de leitura do Museu Britânico e saindo dali para alguma palestra ou comício, na discreta elegância de seus vestidos e casacos talvez um pouco sérios demais, mas sempre impecáveis, levando seu inseparável *pince-nez* de leitura. Lá estaria ela, uma das raras mulheres ao lado dos socialistas históricos como Bebel, Liebknecht, Auer, Adler e, como sempre, sempre, ao lado de Engels, seu segundo pai.

E que não se pense que era apenas uma séria e dedicada militante. Tussy era muito mais: uma mulher de energia e alegria contagiantes, brincalhona, irreverente, ligada a seu grupo de artistas e boêmios. Capaz de rir fácil e de tiradas impagáveis, contava que já pensara seriamente em processar o pai por danos pois, "Infelizmente, só herdei seu nariz e não sua genialidade". Capaz de organizar um protesto contra a proibição às mulheres da leitura do *Kama sutra*, no Museu Britânico. E capaz de montar, com seu amigo Bernard Shaw, uma hilariante versão da *Casa de bonecas consertada*, paródia à adorada peça de Ibsen, escrita por ela e um amigo para "agradar ao senso de moralidade e decência dos ingleses". Um sucesso.

Apaixonada, espontânea e tão honesta e franca que, sem se dar conta, desarma seus adversários e impõe um respeito raras vezes visto. É quase uma unanimidade, não apenas por ser filha de Marx, mas por ser como é, Eleanor.

Ela escreve para os companheiros que conheceu em Aberdeen, Escócia, onde fora como convidada:

"Queridos Camaradas,

"Aqui estou de volta à escura Londres, mas até nosso *fog* londrino – e temos um bem representativo neste momento – parece luminoso e agradável quando penso no tempo feliz que passei com vocês, em Aberdeen. É tão bom – e de tanta ajuda – encontrar pessoas vivas como vocês, quando a maioria de nós parece tão morta – e ansiosos, e dedicados trabalhadores para a Causa. Quando me sentir desanimada (e há momentos em que uma pessoa não consegue evitar o sentimento de desânimo), pensarei em Aberdeen e me animarei de novo.

"Vocês disseram que tinham receio de mim. Eu não sabia que tinha uma reputação tão formidável. (Leatham disse que esperava um *'iceberg intelectual'* – e pareceu aliviado em descobrir que eu não era nem um *iceberg* nem intelectual). E vou lhes confessar que eu também tinha um pouco de receio de vocês. Apesar de todo o entusiasmo de Edward por sua visita anterior a Aberdeen, pensei que vocês fossem uma turma muito fria, dura, reservada e crítica. Vocês não podem imaginar como fiquei aliviada quando vi que não eram nada disso. Desculpem-me por dizer que vocês não são críticos. Mas realmente a gentileza que demonstraram com minhas palestras me faz pensar que não são tão terríveis como temia.

"Eu gostaria que Londres não fosse tão longe de Aberdeen, ou que não fôssemos todos tão sem grana. Se a distância fosse menor, e a bolsa não tão curta, vocês logo nos veriam outra vez.

"Enquanto isso, quero agradecer de coração, com toda sinceridade, pela gentileza de vocês. O pôr do sol de segunda--feira, com seu glorioso dourado, ficará para sempre em minha memória – e pensarei no trabalho de vocês como promessa não de um pôr do sol mas de um nascer do sol ainda mais glorioso.

"Fraternalmente,

"Eleanor Marx Aveling"

6

A Toca, dezembro de 1897

Minha querida Olive,

Hoje o sol apareceu, sem que ninguém esperasse. Com sua morna luz de sol de inverno, mas luminoso. Aproveitei para caminhar um pouco pelo meu jardim onde as árvores compõem suaves linhas de luz e sombra que me transmitem certa paz. Quando você vier me visitar um dia, tenho certeza de que amará essa Toca onde vivo agora. Há um pequeno pedaço do jardim onde plantei algumas mudas que Laura e Paul me enviaram de Paris. Espero que nasçam nessa primavera, minhas *fleurs parisiennes*. É que no encerramento do congresso que fundou a II Internacional, Laura e eu compramos flores no mercado de Montmartre e fizemos uma bela coroa em homenagem aos mortos da Comuna. Todos os congressistas, então, seguimos em marcha até o Cemitério Père Lachaise, e a colocamos aos pés do *Mur des Fédérés*. Laura me disse que algumas daquelas espécies estão entre as mudas que me enviou.

Foi um belo dia, aquele. À noite, houve um jantar em comemoração à nova Internacional e à solidariedade do proletariado. Brindamos e cantamos a *Marseillaise* e dançamos e dançamos. Estávamos todos cansados, mas entusiasmados, uma nova etapa do movimento começava a nascer. Edward estava dos mais efusivos e cheio de espírito. Prendeu em meu vestido um pequeno ramo de *bougainville* que tirou de um vaso na mesa, e disse: 'Para você, minha querida, que merece todas as flores do mundo novo que ajudamos a construir'. *Hélas!* Sei que é difícil para você acreditar, mas ele também tem seus momentos.

No dia seguinte, para completar, fui passear com meus queridos Johnny e Edgar Longuet, os filhos de Jenny, que não pude encontrar nos dias do Congresso. Fomos conhecer a recém-inaugurada Tour Eiffel e as outras atrações da grande Exposição Universal de 1889. Tomamos sorvetes de morango e rimos e nos divertimos a valer. Esses momentos são tão preciosos para mim que, mesmo anos depois, como agora, sou capaz de reviver, nem que seja por instantes, a felicidade que eles me proporcionaram.

É curioso mas acredito que muita gente não compreende o quanto a noção de felicidade é importante para os socialistas, como ela está no coração mesmo do pensamento de Marx. É ela, afinal, o grande objetivo final de nossa luta, a felicidade – não como simples busca do prazer individual – mas como autorrealização do ser humano. O direito que cada indivíduo tem de poder expressar e realizar suas capacidades, realizar-se, colocando sua humanidade no que faz, seja o que for: um objeto, uma lavoura, uma obra de arte. Que todos possam ser felizes, efetivando suas capacidades e fazendo parte de uma coletividade, um grupo que os reconhece como seus.

Muitas pessoas nem sempre associam o 'livre desenvolvimento de cada um como condição para o livre desenvolvimento de todos' à noção de felicidade do indivíduo. Não entendem que esse 'livre desenvolvimento' de cada um é, justamente, a condição para que se possa ser feliz. Ou pensam que isso é coisa do futuro e deve ser deixada para o futuro. Não se dão conta de que ser feliz é algo para ser buscado no presente; que não deve ser uma utopia, mas algo necessário agora, algo para ser tentado desde já, algo que nos faz melhores como pessoas e, portanto, mais capazes de enfrentar a longa luta. Não creio que exagero quando penso que a beleza da vida, a alegria de viver é o que deve nos guiar e é o que nos pode dar alguma força. Que a revolução significa não apenas a busca da vida e da liberdade, mas a busca da felicidade. Que é por acreditar que a vida vale a pena que podemos ser generosos e ter a ambição de compartilhar com todos o que ela pode oferecer de precioso – mesmo que isso às vezes seja tão pouco.

Se não fosse assim, como seria possível seguir em frente?

Pessoas como Aveling põem o prazer individual à frente de quase tudo, mas não é a esse simples prazer da satisfação básica dos sentidos a que me refiro, mas ao prazer mais profundo da autor-realização de cada indivíduo como ser humano. Ao prazer profundo que sente o indivíduo ao se tornar quem ele realmente é, desenvolver todas as suas potencialidades. Quanto mais sou capaz de me realizar em várias áreas, mais livre eu sou. O cerne do capitalismo está na alienação em que joga as pessoas, alienação tanto uma das outras, quanto da natureza e, sobretudo, de si mesmas: de seus sentidos, suas emoções, suas forças criativas.

E isso não só nas grandes coisas e no trabalho que se realiza, mas também no cotidiano de cada um, é preciso que essa alegria de se realizar e viver esteja presente, senão o que é que se quer dividir? Senão, como aguentar esse mundo exaustivo? A minha família, apesar das aflições da pobreza e das doenças, sempre cultivou também esse prazer das pequeníssimas coisas, o bem viver, os encontros com os amigos, as conversas, os piqueniques, as garrafas de champanhe e cerveja, o riso – em suma, a alegria. Meu pai e o General foram maravilhosos mestres dessa arte.

Muitas vezes, infelizmente, acho que não consegui ser uma boa aluna. Em certos momentos – que parecem cada vez mais constantes – sinto que aprendi tão pouco!

Acho que, no meu caso, a grande culpada é a autoestima, essa condição *sine qua non* para se derivar bem-estar de alguma coisa, e que depende em grande parte da estima em que os outros nos têm! E ela, essa bela e fera, é tão absolutamente necessária para que se tenha motivos para continuar vivendo! Sem ela, como achar graça em alguma coisa?

Infelizmente, a minha é tão frágil e vulnerável. Será que um dia serei mais forte e conseguirei me recuperar?

E, no meu caso, uma das coisas mais certas é que não sei viver sem amor. Tenho tanta necessidade de afeto que, sem ele, as coisas para mim perdem o sentido. Ficam pesadas, sem graça. Não sei viver se não puder ter esse mínimo cotidiano de felicidade, que é sentir que sou importante para as pessoas que me cercam. E poder olhar o mundo e enxergar sua luz, suas formas, seus cheiros, e sentir que vale a pena. Não sei viver sem isso.

Mais tarde:

O solzinho de inverno já desapareceu faz tempo, levando suas sombras e tessituras suaves, e seus ímpetos de vida. A velha neblina retomou seu lugar e, depois da breve trégua, pretende se vingar, atravessando os vidros das janelas e invadindo a casa. Aquela frágil felicidade que me visitou de manhã se foi, não sei para onde.

Tenho um grande horror de decepcionar a fé que meu pai e o General tinham em mim e meu trabalho político. Temo que a herança infinitamente preciosa que eles me deixaram seja também demasiado pesada e dominadora. Mas acho que não estou, não estou conseguindo pensar direito sobre essas coisas, esses dias.

O movimento tem se dividido muito e as vitórias são poucas. Pessoas que deveriam estar à altura do momento têm-se deixado envolver por ambições mesquinhas e se perdem em filigranas de um poder inútil, que nada avança. Às vezes me sinto farta, farta.

"Mas, desde pequena, eu sei o que significa devotar a vida ao *prolétaire*. E é isso que continuarei fazendo. Meu pai uma vez disse uma coisa que não entendi na época e que até me pareceu um paradoxo. Mas hoje sei o que ele quis dizer. Meu pai estava falando de minha irmã mais velha e de mim e disse: 'Jennychen é a mais parecida comigo, mas Tussy sou eu'. É verdade – com a exceção de que nunca serei tão boa e generosa quanto ele."

Sua, sempre
Tussy

Janeiro: o começo do pesadelo

1

Chega janeiro. Nem a neve muda lá fora, nem o gelo muda no coração de Eleanor.

Se algo mudou, foi para pior.

Os problemas financeiros se agravam – as contas com os médicos, os remédios e as constantes exigências de Edward de mais dinheiro para pagar empréstimos que nunca se acabam.

Eleanor começa a ter certeza de que o marido lhe esconde alguma coisa grave.

Escreve a Freddy:

"Meu querido Freddy,

"Fico contente em saber que você está um pouco melhor. Eu bem queria que você estivesse bom o suficiente para vir, digamos, de sábado a segunda, ou pelo menos no domingo à noite. É brutalmente egoísta, eu sei, mas você é o único amigo com quem posso ser completamente franca e por isso gosto tanto de ver você.

"Tenho que enfrentar um problema tão grande, e completamente sem ajuda (pois Edward não me ajuda) e eu não sei o que fazer. Diariamente tenho exigências de dinheiro, e não sei como atendê-las, com a operação e tudo o mais. Sinto que sou um tremendo problema para você, querido Freddy, mas você conhece a situação: e eu digo a você o que não diria a ninguém agora. Eu diria para minha velha e querida Lenchen, mas não a tenho mais, só tenho você. Por isso, me perdoe por ser tão egoísta, e venha mesmo me ver, se puder.

"Sua Tussy

"*P.S.* Edward foi para Londres hoje. Vai ver os médicos, e coisas assim. Não me deixou ir com ele! Isso é pura crueldade, e há coisas que ele não quer me dizer. Querido Freddy, você tem seu filho – eu não tenho nada, e não vejo nada pelo qual valha a pena viver."

Mas, Freddy, seja por estar também doente, ou por temer que Aveling – não sem fundamento e não pela primeira vez – fosse lhe pedir mais dinheiro emprestado, não foi. Eleanor olha o calendário. É domingo.

Ela tem perdido a noção dos dias da semana. Já não se diferenciam mais uns dos outros. É a mesma rotina de remédios, preocupações, mutismo de Edward, discussões.

2

Nada é como antes, quando aos domingos eles se reuniam na casa de Engels para o almoço, com bons vinhos, charutos e animadas conversas que se estendiam pela tarde.

Sempre havia hóspedes na casa do General; em torno dele se reuniam novos e velhos socialistas, animados por seu espírito contagiante.

E como ele adorava uma boa comemoração! Bons comícios, pequenas vitórias, aniversários, tudo para ele valia comemorar. Pena que nos últimos anos, com sua longa doença e o reinado de Louise em sua casa, as comemorações deixaram de ter o encanto antigo. A última, que ela se lembre, foi a festa de seus setenta anos, com bebidas servidas até a madrugada, e uma rodada de ostras para encerrar.

Liebknecht, Bebel, Singer, os velhos socialistas estavam presentes. O movimento avançava e o entusiasmo era geral. No brinde, Engels disse que "Em dez anos, se ainda vivesse, veria os príncipes, padres e poderes caídos gemendo no chão, e o proletariado mandando no assado, e o comendo".

Mas que nada! Não foi nada disso o que aconteceu. Nem o proletariado conseguiu comer o assado, nem Engels estava vivo dez anos depois.

Ele morreu aos setenta e cinco anos, de câncer, depois de sofrer uma prolongada deterioração da saúde, quando ainda estava trabalhando para finalizar o volume III d'*O capital* e começando o IV.

Foi Eleanor quem levou a pequena urna com suas cinzas, no barco em Eastbourne. Com ela, foram Aveling, Lessner e Bernstein. Engels não queria tumbas, nem mausoléus. Queria o mar. O litoral onde gostava de caminhar e olhar o horizonte.

O vento, intenso aquela manhã, levou as cinzas em um átimo, um risco em direção ao infinito, preto no azul escuro e espumado do mar. O General teria gostado.

Para Eleanor, a morte desse inigualável amigo foi um golpe mais doloroso do que se poderia imaginar. Os últimos anos foram terríveis, anos de progressivas dificuldades no relacionamento dos dois, coisa que ela jamais supôs que pudesse acontecer.

Tudo começou alguns meses antes da grande comemoração dos setenta anos, com a morte de Lenchen, que desde o falecimento de Marx tinha sido a governanta da casa de Engels. O General, que confessadamente não conseguia viver sem uma mulher que cuidasse de suas coisas, contratou então Louise Kautsky para ficar no lugar de secretária-governanta-amiga.

Louise recém se divorciara de Kautsky e, no começo, Eleanor só tinha simpatias por ela. Achava, inclusive, que

Bebel – que praticamente a forçara a aceitar o posto como uma tarefa do partido – não tinha o direito de fazer alguém como Louise, com uma carreira própria pela frente, deixar tudo para se dedicar a cuidar de Engels – por mais importante e querido que ele fosse. Ninguém exigiria isso de um homem, ela disse na ocasião.

E, no entanto, Tussy não sabia da missa um terço.

A ida de Louise para a casa de Engels, na verdade, seguia um plano arquitetado por Bebel e Adler para garantir que, depois que o General falecesse, os papéis, manuscritos, cartas e as valiosas bibliotecas não só dele, mas também de Marx, os dois grandes nomes do socialismo, ficassem com o Partido Socialista Alemão.

Eleanor nada sabia sobre isso, mas as atitudes da nova governanta aos poucos despertaram suas suspeitas e desconfianças. Primeiro, Louise tentou monopolizar o General, tirando o máximo proveito político de seu prestígio. Depois, quando se casou com o recém-formado médico Freyberger, que nada tinha de socialista e, para Tussy, não passava de intolerável aventureiro, suas ambições passaram a ser sobretudo financeiras.

Fossem quais fossem seus planos e ambições, no entanto, em seu caminho estava Eleanor.

No entanto, morando na casa de Engels, sabendo de cada minuto de sua vida, usando como pretexto sua saúde e a autoridade do marido médico – que passou a cuidar dele –, Louise foi aos poucos exercendo grande controle sobre o General. Espalhando fofocas e pequenas intrigas, inclusive a de que o General decidira se afastar das filhas de Marx, ela tentou isolar Engels dos velhos amigos. Fragilizado pela doença, ele se tornara, em alguns aspectos, muito dependente do casal e Tussy praticamente já não conseguia encontrá-lo a sós, como antes.

– Tussy, querida – dizia Louise –, o General não pode ficar tanto tempo conversando. Veja como ele está cansado. Venha, vamos já para a cama, meu querido.

– Sinto muito, Tussy, mas hoje o General não passou bem a noite e não poderá recebê-la... Sinto muito, Tussy. Hoje, não... o General está cansado...

– Você sabe o que pode acontecer se não tiver sua dose de descanso, General... Vamos para o quarto, vamos!

Uma dúvida começou a encher Eleanor de apreensão: o temor de que, quando Engels falecesse, os papéis de Marx – que estavam em sua casa e sob seus cuidados – passassem para as mãos do casal de médico e governanta, que, Eleanor acreditava, seria capaz de tudo, queimá-los ou vendê-los, o que lhes fosse mais conveniente. Sem saber dos planos de Bebel, ela percebia que algo de errado estava sendo tramado. E num dos momentos mais difíceis de sua vida – e provavelmente também da vida do General, e à sua revelia – declarou-se *la guerre* das filhas de Marx contra a governanta de Engels.

No quiproquó que se armou, ele pôde lhes assegurar que os papéis do pai eram e seriam sempre dela e de Laura, as legítimas herdeiras de Marx. Mas se isso aliviou as apreensões de Eleanor, de nada serviu para melhorar seu contato com o velho amigo: os encontros entre os dois continuaram esparsos e controlados por Louise e "suas ordens médicas". No último encontro, Engels já não podia falar.

E Eleanor não estava a seu lado na manhã em que ele morreu, sozinho, em seu quarto.

(Engels deixou três oitavos de sua herança para Laura, Eleanor e os filhos de Jenny, bem como os papéis de Marx e a responsabilidade de organizar e editar o volume IV d'*O capital*. Para Louise e o marido, deixou a casa e uma renda ainda maior, que lhes permitiu, para dizer o mínimo, viver bastante bem o resto da vida. E se Bebel e o Partido Socialista Alemão não conseguiram, naquele momento, os papéis de Marx, conseguiram os de Engels, separando a correspondência dos dois, o que dificultou por muitos anos o trabalho dos pesquisadores e teóricos marxistas.)

3

Depois que Engels faleceu, a grande preocupação de Eleanor era levar adiante a edição dos manuscritos do IV volume d'*O capital*, e de uma batelada de papéis ainda não trabalhados.

Kautsky – preparado pelo General para decifrar a letra e o estilo de Marx – assumiu a difícil tarefa de editar o IV volume. Mas o próprio trabalho de arrumar, selecionar, ler cuidadosamente os vários artigos sem assinatura para identificá-los, e assim por diante, era muito mais demorado e complexo do que Eleanor imaginara a princípio. E havia ainda todo o tempo gasto em maçantes negociações, referentes a contratos e direitos autorais das obras. Era uma responsabilidade demasiado grande levar adiante o formidável legado do pai, sem a ajuda do General.

Com a herança deixada por Engels, ela comprou a casa bastante confortável, onde tinha seu próprio estúdio e Edward o dele. Estava cheia de planos, apesar de tudo. Recebia os amigos, participava das atividades do bairro, a escola dominical e o coro do grupo socialista, e logo se tornou uma figura querida pela vizinhança. Queria cultivar seu jardim e sobre isso pediu instruções precisas ao cunhado Paul Lafargue, conhecido jardineiro das horas vagas.

Mas pouco tempo e ânimo ela teve para desfrutar de seu jardim e seus pássaros. A frágil felicidade doméstica que pensara criar na sua Toca, na verdade nunca existiu. Ela viveu ali apenas dois anos e meio.

Continuava trabalhando muito. Seguia escrevendo artigos semanais e dando aulas, palestras e conferências – em oito meses, em 1897, fez 41 palestras e participou da mesa de dez reuniões, sem contar uma semana de palestras na Holanda.

Continuava a organizar e participar de congressos e comícios, como o Comício pela Paz no Hyde Park, em 1896, e o Congresso Internacional dos Trabalhadores em Londres, do qual participaram Clara Zetkin e Rosa de Luxemburgo, e onde Eleanor trabalhou mais uma vez como intérprete e como delegada da União dos Trabalhadores de Gás. Suas atividades eram tão requisitadas que ela se viu obrigada a escrever ao editor do jornal *People Press*:

"Prezado Camarada,

"Gostaria que, através de sua coluna, me permitisse pedir aos setores dos Sindicatos dos Trabalhadores de Gás e Trabalhadores em Geral que não anunciassem minha presença para falar em nenhum lugar antes de primeiro me perguntar se é possível, e, segundo, de receber minha confirmação. Tenho toda vontade e prazer em ir a qualquer lugar onde há trabalho a ser feito. Mas não é justo nem com o público nem comigo publicar meu nome como oradora, a menos que seja certo que eu possa estar presente. A dificuldade não fica menor quando é anunciado que falarei em dois ou três lugares ao mesmo tempo sem ter sido consultada por nenhum deles. Permita-me, portanto, pedir, através do jornal, que os organizadores dos encontros que possam querer meus serviços por favor se comuniquem comigo antes de fazer qualquer anúncio público.

"Fraternalmente,

"Eleanor Marx Aveling"

Fevereiro: o leão sem juba

1

Quando Eleanor comprou A Toca, era primavera e os tordos e melros apareciam constantemente no jardim. Os trinados a acordavam de manhã e a acompanhavam durante todo o dia. Na grande casa de Maitland Park, quando ainda morava com sua família, também era assim. Havia pássaros por todo o quintal e, quando desapareciam no inverno, ainda havia os dois canários criados em casa.

Era isso o que deveria fazer, ela pensa, ter pássaros também dentro de casa e, no próximo inverno, não ficar nesse insuportável silêncio de agora. Para fazer um pouco de barulho, ela só tem os cachorros; nem com seus gatos pode contar, já que, por natureza, gatos são sempre silenciosos durante o dia, seja qual for a estação.

Edward tem muito da natureza de um gato. Mas não a fidelidade nem a solicitude e o aconchego deles. Só a malícia e os mistérios.

Os segredos de Edward parecem se agravar como sua doença. Seu comportamento é cada vez mais inexplicável. Nos poucos dias em que se sente melhor, vai para Londres, sozinho e, às vezes, agora, nem volta à noite, só no dia seguinte, e sempre pior.

Eleanor não entende o que está acontecendo, e quer entender, no sentido mais amplo do termo. A ela, com seu temperamento racional e exercitado intelectualmente para compreender, o que mais a horroriza é não ser capaz de explicar os motivos do comportamento da pessoa que é, agora, sua única família. É não compreender o que o leva a agir assim. Começa a pensar que ele está doente. Moralmente doente. A seus olhos, só uma pessoa enferma seria capaz de ter esse tipo de comportamento.

Em mais uma noite de solidão e insônia em seu estúdio, ela olha pela janela as árvores nuas do inverno. Seus olmos e sicômoros estão sem folhas e sem vida.

Tal como ela.

Senta-se e começa outra carta para Freddy:

"A Toca, 5 de fevereiro de 1898

"Meu querido Freddy,

"Sinto muito você não poder vir amanhã. Para ser justa, deixe-me dizer que Edward não tinha intenção de lhe pedir dinheiro outra vez. Você não faz ideia de como ele está mal. Ele queria vê-lo porque acredita que não verá você de novo depois da operação.

"Querido Freddy, sei como é sincero seu afeto por mim, e como verdadeiramente você se preocupa. Mas acho que você não entende completamente – e eu só agora estou começando a entender. Vejo cada vez mais claramente que o erro é apenas uma doença moral, e quem é moralmente saudável (como você) não é capaz de julgar a condição de quem está moralmente doente. Da mesma maneira como a pessoa fisicamente saudável dificilmente pode entender a condição da pessoa fisicamente doente.

"Em algumas pessoas, há uma carência de um certo sentido moral, da mesma maneira como outras pessoas são surdas, ou têm uma vista ruim, ou têm qualquer outro problema de saúde. E começo a entender que não temos mais direito de culpar um tipo de doença do que o outro tipo. Devemos tentar curar e, se a cura não for possível, fazer o melhor que pudermos. Aprendi isso através de um longo sofrimento – sofrimento sobre o qual não falaria nem a você –, mas aprendi, e assim estou tentando suportar todo esse problema da melhor forma que posso.

"Querido, querido Freddy, não pense que esqueci o que Edward lhe deve (quero dizer em dinheiro, porque em amizade e consideração é impossível calcular), e você receberá, sem dúvida, o que ele está devendo. Quanto a isso, você tem minha palavra. Acredito que Edward irá para o hospital no começo da próxima semana. Espero que seja logo, porque essa espera o aflige terrivelmente. Eu lhe avisarei assim que tiver alguma coisa definida, e espero com todo o meu coração que logo você esteja melhor.

"Sua Tussy

"*P.S.* Existe um ditado francês que diz que entender é perdoar. O grande sofrimento me fez entender – e assim eu nem preciso perdoar. Só posso amar."

2

Aveling faz a cirurgia do abcesso no final de fevereiro. Eleanor o acompanha o dia todo em seu quarto no hospital, e só o deixa à noite, quando ele adormece.

A cirurgia foi exploratória e tudo indica que outra será necessária mais tarde.

Oito dias depois, eles voltam para casa. Ela acredita que Aveling não sobreviverá e, mais do que nunca, considera seu dever se dedicar a ele. A conselho médico, eles partem para Margate, estância onde Eleanor já estivera com o pai e a mãe, anos atrás.

Os dias ali são terríveis.

De manhã, ela faz o curativo no abcesso de Edward, passando uma seringa pela ferida aberta e colocando, depois, um tampão para fechá-la, em uma rotina extremamente dolorosa para os dois. A seguir, lhe dá um "banho de cadeira", faz sua comida, cuida de seus remédios e, outra vez, à noite, faz o mesmo doloroso curativo.

Nos intervalos, escreve para Liebknecht, Kautsky – sempre sobre trabalho e sobre a saúde de Aveling – e para Laura e Freddy. Também lê uma biografia de Shakespeare, sobre a qual deve fazer uma resenha. Mas acha o livro detestável.

Seu pensamento está longe, está longe dali.

Está nos seus mortos. Seu pai, Jennychen, sua mãe, Engels, Lenchen.

Está nas inúmeras vezes em que ela e o pai iam às estâncias termais procurando se recuperar de uma ou outra crise. Está nos seus vinte anos.

No começo de sua vida de adulta. Nos anos de seu namoro proibido com Lissagaray, quando, dividida entre o amor e a família, ela decide mergulhar no trabalho e procura abrir suas perspectivas. Começa a ter aulas de interpretação e filia-se a clubes literários, à Nova Sociedade Shakespeariana e à Sociedade Browning. A grande admiração que todos da família tinham por Shakespeare a faz pensar na carreira como atriz – para o que sua voz, expressiva e potente, parecia ser um grande ponto a favor. Começa a ensaiar e organizar apresentações teatrais de amadores, com seu grupo de amigos.

Começa também a fazer trabalhos de tradução – uma constante em sua vida – e adota, como o pai fizera antes, o

Salão de Leituras do Museu Britânico como lugar de trabalho. A movimentada biblioteca era um bom lugar para conhecer pessoas com os mesmos hábitos e interesses. Seu círculo de amigos se amplia e, entre eles, escritores e dramaturgos, como Bernard Shaw, Dollie Radford, Edward Rose, Havelock Ellis e Olive Schreiner. Tussy torna-se parte de um grupo de jovens e entusiasmados intelectuais e boêmios.

O velho *pub* em frente à saída do museu, que anos antes fora palco de acalorados debates entre Marx e seus companheiros, torna-se agora ponto de encontro de Eleanor e seus amigos. Entre a fumaça densa dos cigarros e cigarrilhas, o cheiro morno da cerveja, as gargalhadas, os projetos e as calorosas discussões de novas teorias, a vida se agita e se alegra. E de lá ela parte, com seu grupo, para atividades socialistas e sindicais. Ou para ensaios e leituras de peça. Acompanha também o pai aos debates e conferências. É a socialista ardorosa que enche de admiração os amigos de Marx: Bernstein, Bebel, Kautsky. Todos se entusiasmam com ela.

A vida em sua casa também passa por mudanças.

Com o casamento das duas primeiras filhas, a família se mudara para uma casa menor e mais barata, na mesma Maitland Road. Mas, proibidos de voltar à França depois da Comuna, tanto Paul Lafargue como Charles Longuet estavam vivendo em Londres; Laura e Jennychen, com seus filhos, estavam todos por perto.

Eleanor gosta muito de cuidar dos sobrinhos.

Marx, com os problemas de saúde se agravando, aos poucos foi obrigado a adquirir hábitos mais moderados. Já não passa as noites em claro trabalhando nos livros, nem em acaloradas reuniões políticas, nem conversando e bebendo nos *pubs*. Sua diversão, agora, é caminhar e brincar com os netos. A fama de colérico revolucionário é completamente alheia ao cotidiano desse bonachão e carinhoso velho de juba prateada e bigode ainda preto.

Seu ritmo de trabalho ainda é intenso durante o dia, mas à noite, proibido pelos médicos de trabalhar, ele e Jenny abrem as portas da casa. Amigos de longe e militantes de outros países vêm visitar o grande homem, o brilhante conversador e anfitrião efusivo.

Agora, aos domingos, a casa também se enche com os novos amigos de Eleanor, os amigos do grupo de teatro que vêm ensaiar as peças e audições. Todos participam de recitais para angariar fundos para causas sociais e políticas.

Marx adora essa turma. São jovens, e ele sempre gostou da juventude, com quem sabe ser tolerante, divertido e generoso. Ao lado de Jenny, senta-se no sofá e se comporta como a plateia que qualquer ator gostaria de ter: nunca critica, aplaude com entusiasmo e às vezes ri tanto que lágrimas rolam por suas bochechas. Depois, participa com eles de jogos de charadas e mímicas, tão entusiasmado quanto o mais entusiasmado deles.

A energia intelectual vulcânica do Mouro ainda assombra os amigos de Eleanor, mas sua saúde é cada vez mais precária. É triste, ainda que inevitável, que à medida que a filha caçula e sua geração se envolvam mais com a militância revolucionária, o pai comece a definhar com seus problemas crônicos de saúde, agravados pela idade. Os dez últimos anos da vida do Mouro são marcados pela crescente debilitação de sua saúde – e são justamente os anos de mocidade de Eleanor.

No país, o conflito com a Irlanda é permanente, e os dias são agitados.

Michael Davitt, um dos líderes irlandeses, foi preso. Uma grande agitação percorre as ruas e a indignação se espalha. Sabendo que o levariam para interrogatório nas dependências da polícia em Bow Street, Eleanor tenta vê-lo para manifestar sua solidariedade.

Encontra uma multidão zangada na porta: ao contrário dos outros presos, Michael Davitt fora levado até lá muito mais cedo do que o horário normal.

"O governo teme encarar o público", ela diz, e pergunta a um dos policiais de guarda se o prisioneiro ainda estava no edifício.

"Não, eu mesmo o coloquei no carro", responde o jovem, com forte sotaque irlandês.

Eleanor não se contém e lhe diz, vexada:

"E será que não havia policiais ingleses suficientes para colocar no carro um homem que, como Davitt, tanto fez por seu país? Eles tiveram que recorrer a você, um irlandês!?"

A multidão, entusiasmada, a envolve e a levanta nos ombros, dando vivas à Irlanda.

O namoro proibido com Lissagaray é o pano de fundo dessa época e a causa da angústia que, no meio de tudo isso, turva a alegria de Tussy. Ao lado dele, ela trabalha na tradução para o inglês de sua *História da Comuna* e, quando podem, encontram-se nos parques.

Mas é curioso. Se, para muitos, as dificuldades no relacionamento amoroso fazem com que o amor cresça mais – pelo menos, é o que dizem –, para Eleanor, não. Não "causa nela o que o obstáculo faz com a corrente", nem "torna o amor mais violento e mais indomável". Ao contrário. As dificuldades aos poucos vão minando seus sentimentos. Parece cada vez mais claro que o pai nunca aceitará Lissagaray. E não, ela não quer romper com o pai. Decididamente, isso ela sabe que não quer.

Quando chega a Anistia aos exilados da Comuna, Lissa é um dos primeiros a voltar para Paris. Eleanor, exasperada, percebe que chegou um momento de decisão em sua vida.

Agora não tem mais saída: terá de escolher se segue com ele ou não.

Charles Longuet e Paul Lafargue também retornam a Paris. E, com eles, Laura, Jennychen e as crianças.

Assim começa, para ela, um tempo de angústias e crise. Eleanor não sabe que rumo dar à sua vida.

Tortura-se sobre Lissagaray.

Sente falta dos sobrinhos e de Jennychen, irmã que era sua confidente e grande amiga. E vê a doença da mãe, um irremediável câncer no fígado, se agravar. Já com períodos de dor forte, Jenny viaja com Marx a Paris, na tentativa de mudar de ares e rever os netos.

Tussy fica só em Londres, com seus problemas e encruzilhadas. Suas preocupações são inúmeras e as mesmas: as doenças do pai e da mãe, a falta de uma profissão, e o noivado "eterno" com Lissagaray.

Insatisfeita com os rumos que pareciam fechar-se à sua frente, não consegue dormir direito, não consegue comer, está a um fio dos limites de suas forças. Quer se desvencilhar de suas cargas e obrigações, quer crescer, quer fazer coisas que valham a pena, quer ser uma mulher independente, quer se realizar, ser feliz. Quer tanta coisa! E não sabe por onde começar, sente-se sem chão e sem caminhos. O tempo está passando, sua juventude está passando, seu amor está passando, tudo está passando e ela não tem nada de seu para se agarrar.

Sua amiga Dollie, sem saber como ajudá-la, decide escrever a Marx em Paris.

Ele retorna imediatamente e encontra a filha em estado lamentável: suas mãos tremem, e ela tem tiques faciais e espasmos. O Mouro consegue levá-la ao médico, que fala em colapso nervoso. Sua saída, ela pensa, é investir na carreira teatral. Sim, é isso o que ela quer. Vai tomar aulas com Madame Vezin, famosa professora de teatro de Londres.

Mas a doença da mãe só piora e Marx tem um grave ataque de pleurisia; a casa se transforma em hospital: Jenny, de cama, fica no quarto da frente e o Mouro, no quartinho de trás. Tussy se vê obrigada a adiar seus planos, esquecer de si mesma e se controlar para cuidar dos dois. Passa dias e noites à cabeceira de um e de outro.

Só as doses de morfina conseguem trazer um pouco de paz a Jenny, que morre aos sessenta e oito anos. É dezembro de 1881.

Na memória de Tussy, esse tempo é uma longa, interminável noite sem dormir, sem pensar, sem viver, entre remédios, ansiedades e consternação.

O enterro de Möhme, no frio londrino batido pelo vento, é desolador. Marx, proibido por ordens médicas de se levantar da cama, não pode comparecer.

A tarde está gelada e escura na cidade.

Ainda mais gelada e escura está na casa dos Marx.

Eleanor, sentada ali no quarto em Margate, olhando pela janela enquanto Edward cochila na cama ao lado, parece sentir outra vez o desalento que sentia naquela época, e a tristeza daquela tarde, de volta do enterro, quando escreveu uma carta para Jennychen, que, também com graves problemas de saúde, não conseguira viajar até Londres.

Tussy havia cortado um cacho dos cabelos da mãe, cabelos ainda negros, suaves e bonitos como os de uma jovem. Lentamente, abre um envelope e nele coloca o cacho junto com a carta, e o fecha.

Esgotada pela tristeza e pelas noites em claro à beira da cama dos dois doentes, ela quase desfalece. Enche-se também de remorsos, convencida de que a mãe sofreu por sua causa, pelo seu longo e proibido noivado com Lissagaray. Dividida entre o dever filial e o amor de juventude, sente uma profunda tristeza, acreditando que a mãe morreu "pensando que, apesar de todo seu amor, ela fora dura e cruel, sem imaginar que, para evitar aos pais uma grande tristeza, sacrificara os melhores anos de sua vida".

3

Depois da morte de Möhme, Marx e Tussy, por ordens médicas, foram mais uma vez para as termas da ilha de Wright.

É quando ela pode outra vez olhar para dentro de si mesma e retomar suas dúvidas e angústias. Está melancólica, nervosa e completamente autoabsorta. Ainda não consegue dormir e come pouco. Essa sua crise – a segunda – está sendo mais forte e mais demorada. Na primeira, em Brighton, era uma adolescente apaixonada enfrentando o pai, mas agora é uma jovem mulher, uma jovem mulher insatisfeita, angustiada com a brecha que se abre entre os seus sonhos e desejos e o que consegue realmente ter ao redor de si.

O tempo na ilha não dá tréguas: está horrível, chuvoso e frio, como o humor de Eleanor.

Ela puxa sua torre para a direita.

"Você não está atenta", o pai lhe diz.

É verdade, ela não está atenta.

Não está ali. Está longe, em Paris, escutando Lissa lhe dizer: "Venha comigo, *ma petite femme*. Não há mais como adiar. Nosso tempo se esgotou, venha". Pela milionésima vez, no entanto, ela pensa na tristeza do pai. Pensa também, agora, em outras coisas: sua carreira de atriz, seus amigos. Não, ela não quer sair de Londres. Mas, e Lissa? Depois de todos esses anos, como lhe dizer que está mudando de ideia? Como lhe dizer que ainda o ama, talvez, sim, ainda o ama, mas não a ponto de deixar tudo por ele. Seu coração já não está todo tomado pelo seu bravo *communard*. Outras preocupações e dúvidas e desejos estão ali agora. Esse romance que aos poucos foi se desvanecendo parece agora um peso que de certa forma a oprime, algo que a sobrecarrega, que a tolhe, a impede de seguir, seja lá para onde for. Mas Lissa foi tão amoroso e paciente, todos esses anos, e não tem culpa do que está acontecendo!

Eleanor está com vinte e sete anos e, preocupada com a idade – já não é uma mocinha –, sente-se péssima: ainda não conseguiu sua independência verdadeira, ainda não resolveu sua vida, ainda não se sente nada, ninguém. Está insegura e infeliz. Será que tem mesmo dom para atriz? A voz, ela sabe, é o que tem de melhor. Mas será que só a voz basta? Será que conseguirá emocionar um grande público? O público do teatro amador, que a aplaude, não é, por definição, menos exigente que o público do teatro profissional?

Ela se inquieta, desespera-se. "Quanto tempo perdi! já não sou tão jovem para perder mais tempo com os artigos e traduções e, se eu não puder fazer isso logo, já não terei muito tempo. Mas não tenho dinheiro para as aulas com Madame Vezin... certamente ela não me aceitaria como aluna se não acreditasse que tenho chances de ter sucesso... Tenho que tentar fazer alguma coisa... Talvez eu não seja inteligente o suficiente para viver uma vida puramente intelectual mas tampouco sou tão estúpida a ponto de me contentar fazendo nada." Ah, meu querido velho pai, como o amo... e no entanto devo viver minha própria vida...

– Vamos, Tussy, assim não é possível. Não dá para jogar xadrez com um espectro – impacienta-se Marx.

– Desculpe, Mouro. É minha dor de cabeça. Se preferir, poderemos continuar a partida mais tarde.

– Acho que é melhor, realmente. Quando você voltar para a ilha.

Sem querer preocupar ainda mais o pai, ela escreve longas cartas para Dollie e Jennychen. Mas a tensão só faz crescer entre pai e filha, e o Mouro se ressente por achar que Tussy não confia suficientemente nele para lhe contar o que tanto a aflige.

Ele escreve a Engels, preocupado: "Quanto aos planos futuros, a primeira consideração deve ser desobrigar Tussy de seu papel como minha acompanhante... A menina está sob tal pressão mental que está solapando sua saúde. Nem viagens, nem a mudança de clima, nem médicos podem fazer alguma coisa nesse caso".

Assim, aos poucos, todos parecem começar a entender que para ela o melhor não era uma estação de veraneio, onde se tornava presa fácil de seus fantasmas e fantasias, mas voltar a Londres para fazer as coisas que tanto quer.

E ela quer duas coisas: terminar o longo e desgastado noivado com Lissagaray, e ter aulas mais sérias com Madame Vezin. Arde de vontade de encontrar um caminho para si mesma e acredita que esse caminho seria o teatro.

4

De volta a Londres, Eleanor dedica-se completamente às aulas de teatro, e ao trabalho para pagá-las. Apesar de sua dedicação e persistência, no entanto, Madame Vezin não demora a perceber que seu talento, embora existente, nunca a levaria a ser uma das grandes. E para Tussy isso é desolador. Ela resolve desistir.

Nesse dia, vai à casa de Olive.

Pálida, trágica, quase desfalecendo, deitada nas almofadas da casa da amiga, conta-lhe o veredicto de Madame.

"É terrível demais não ser capaz de conseguir a única coisa no mundo que você quer."

Por mais terrível que fosse, no entanto, algo aconteceria que a faria se esquecer do teatro: sua vida social adquiria um ritmo frenético. Deliciada, ela descobre que é muito querida em círculos mais amplos que o de seus amigos íntimos e familiares, e que era um sucesso aonde quer que fosse. Convidada para piqueniques, jantares, festas, ela declamava e apresentava pequenas peças.

Um sucesso, uma coqueluche.

E, esfuziante como há tempos não era, escreve a Jennychen:

"Fui convidada para uma reuniãozinha na casa de Lady Wilde, a mãe de Oscar Wilde, aquele rapaz muito frouxo e desagradável, que tem feito tantas besteiras na América. Como o filho ainda não voltou e a mãe é muito simpática, acho que irei".

E foi. A essa e a muitas outras "noites de dissipação", como as chamava, gracejando consigo mesma. Durante o dia, continuava trabalhando duro no Museu Britânico, dando aulas particulares e participando de reuniões políticas.

5

Mas chegou 1883, o ano horrível.

Logo em janeiro, morre Jennychen em Paris, depois de uma longa agonia, aos trinta e oito anos. Marx, que por ordens médicas havia passado aqueles últimos meses praticamente em peregrinação por vários lugares, tentando encontrar um clima seco e quente para sua pleurisia e bronquite crônica, estava em Ventnor.

Eleanor foi levar-lhe a notícia.

No trem, na longa viagem, ela se torturava imaginando como lhe contar que a filha mais velha morrera. "Eu sabia que estava levando a meu pai sua sentença de morte."

Ao chegar, no entanto, não foi preciso dizer nada. Vendo-a, de repente, no umbral da porta do quarto, Marx compreende imediatamente e diz: "Nossa Jennychen morreu".

Poucos dias antes, sentindo que já estava perto do fim, ele decidira cortar sua barba. Antes, tirou uma última foto, para que as filhas sempre se lembrassem dele com a barba messiânica e a juba prateada.

Para Eleanor, ver o pai sem barba foi como vê-lo e, ao mesmo tempo, não vê-lo. A imagem daquele velho emagrecido pela doença, sem a espessa barba que ela puxava desde criança, fez Tussy engolir um grito.

"Eu vivi muitas horas tristes, mas nenhuma tão triste quanto aquela", sempre diria depois.

Desolado e abatido, Marx volta a Londres para morrer em casa.

No começo da tarde de 14 de março de 1883, quando Engels chega para sua visita diária, Lenchen lhe diz que o Mouro está cochilando. Os dois sobem até o quarto, entram e compreendem que ele está morrendo.

Poucos amigos foram avisados do enterro, no cemitério de Highgate, ao lado de Jenny. O vento noroeste traz frio intenso e neve para Londres.

Eleanor tem vinte e oito anos e, com o pai, sente que perde uma grande parte de si mesma.

6

A Toca, fevereiro de 1898

    Minha querida Olive,
    Quando despertei hoje, havia um silêncio inusitado em meu jardim, o silêncio do ar vazio depois que a neve cai durante horas na madrugada.
    Olhei pela janela, e o branco sem som se estendia infinitamente.

Sonhei com Lissagaray esta noite. Depois de tanto, tanto tempo sem nunca mais ter pensado nele dessa maneira, sonhei que ele me abraçava muito forte e escutei nitidamente sua voz me dizer, como me dizia naquele tempo, *ma petite femme.* A sensação foi tão intensa que por um momento parecia que ele realmente estava de carne e osso ali ao meu lado.

Quando acordei, fiquei pensando nele muito tempo.

Será que teríamos tido uma vida melhor?

Depois de tantos anos, hoje eu me perguntei mais uma vez por que as coisas aconteceram como aconteceram. Ele foi, sem dúvida, a pessoa que mais me entendeu, que sabia o quanto, no fundo, sou frágil, o quanto necessito de me sentir cercada de afeto para viver. Mesmo naqueles dias, dizia que não poderia exigir que eu deixasse minha família por ele pois sabia que, sem ela, eu não saberia viver. Que o ar que eu respirava era o que vinha de meu pai, e que ele não queria, não achava justo romper uma ligação assim tão vital, eu não seria feliz.

Ele compreendia tudo isso perfeitamente.

Então, por que deixei de amá-lo, meu *communard* amoroso e paciente?

Hoje, olhando para trás, creio que foi como um processo natural de autodefesa de minha parte. O que eu queria – que era conciliar Lissa e o Mouro – não seria possível, e, inconscientemente, talvez, minha escolha já fora feita desde o início – eu jamais poderia romper com minha família. Só me restava deixar de amar Lissagaray.

Foi um processo muito demorado e muito sofrido, e sem que eu me conscientizasse totalmente disso, mas aconteceu.

Demorei muito também a entender por que meu pai não o aceitava, mas hoje tudo me parece mais claro. Houve um momento em Carlsbad, creio que foi quando Dollie – a tonta da Dollie, você sabe como ela era, muito preocupada comigo e querendo me ajudar mas sem ver um palmo além do nariz – foi lhe dizer que acreditava que eu havia me casado secretamente com Lissa! Naquele momento, o Mouro me disse: Minha filha, se você acha que realmente quer ficar ao lado desse homem tão mais velho que você e com tão poucas condições de lhe dar uma vida estável, sem sobressaltos e dificuldades, percebo que nada mais posso fazer. Tentei o que pude para evitar que você tivesse os mesmos sofrimentos que, sem querer, causei à sua mãe. Como eu disse também a Paul, quando ele me pediu a mão de Laura – e que, infelizmente, também de nada adiantou – "vocês todos sabem como sempre sacrifiquei toda a minha sorte à luta revolucionária. Não o lamento, muito ao contrário. Se tivesse que viver minha vida outra vez, faria a mesma coisa. Mas não me casaria. No que estivesse em meu poder, queria salvar minhas filhas dos recifes nos quais a vida da mãe naufragou." Sempre julguei que era meu dever de pai não permitir que pelo menos você, minha última filha, tivesse a mesma vida. Mas vejo, com muita pena, que um pai, por mais que lhe doa e tente, não tem o poder de garantir a felicidade de uma filha. E a única coisa que realmente quero é vê-la feliz, minha menina.

Se eu tivesse dito ao Mouro naquele momento que não se culpasse, que eu tinha certeza que minha felicidade estava ao lado de Lissa, tenho certeza de que ele teria dado, por fim, sua aprovação, teria me deixado ir. Mas eu já não sabia se queria ir, se queria me mudar para a França, se queria deixar meus amigos em Londres, se queria desistir do teatro, que parecia então ser minha vocação. De fato, no fundo, eu já deixara de amar meu querido herói, já havia sofrido muito aqueles anos todos, havia sacrificado o amor de juventude ao amor familiar, e queria dar um basta a esse dilaceramento. Queria me sentir inteira, ser dona de minha vida, seguir uma carreira, produzir.

Queria ficar tranquila, sem tanto drama, queria ser feliz.

Como poderia saber que a felicidade é tão inacessível quando se trata de amor?

Eu era jovem demais.

Nós éramos jovens demais.

Lembra-se que, quando nos conhecemos, você dizia que o amor não era uma coisa importante em sua vida? Que você era, antes de tudo, escritora. Que se tivesse que escolher entre um homem e sua arte, não haveria vacilação possível.

Ah, como me lembro de você, entre as almofadas, fumando sua inseparável cigarrilha e dizendo isso, com profunda convicção e ardor!

Fiquei muito impressionada e a invejei pela determinação e pela força. Eu também acreditava que essa atitude era a mais revolucionária possível, a mais de vanguarda, a mais adequada a uma mulher. Era mais um motivo para admirar você, mas eu, eu não conseguia ser assim. Não conseguia naquela época, nem consigo agora. Minha natureza é muito diferente, e fui criada de tal maneira que não me basto a mim mesma. Preciso dos outros. Preciso sentir que me amam e me querem.

Começo a achar que esse, talvez, seja meu maior defeito. Sua, sempre,

Tussy

Março: a morte branca

Essa é a hora de Chumbo –
Lembrada por quem sobrevive a ela
Como lembra da neve quem ao frio não
pode mais reagir –
Primeiro Calafrio – depois Estupor – de-
pois o deixar-se ir.
Emily Dickinson

1

A morte, a morte deve ser como o sono. Com a diferença de que é sono sem cor, sono sem preto nem branco, sem cinza, é sono sem imagens, sem figuras, sem dor nem alegria, nem frio nem calor, nem sustos nem sentimentos. É o sono irrestrito, final.

A morte é o sono perfeito, como aquele mais restaurador dos sonos, do qual o despertar surpreende porque nele se perde de forma tão cabal a consciência. Só que da morte não se desperta.

A morte, quando nada se tem a perder, a morte pode ser uma coisa boa.

Como materialista, Tussy não vê horror na morte. "Sabe que um dia terá de retornar, corpo e mente, ao coração da natureza de onde veio", como o General falou no enterro de Möhme.

O único problema de quem morre é o que se deixa. O problema da morte é de quem fica.

E quem ela deixará agora? Quem ficará? Ninguém que realmente se importe.

2

No dia 27 de março, outro domingo, Eleanor e Aveling voltam de Margate. Aveling ainda está mal, esquelético, com dificuldades para andar. Eleanor, por sua vez, também está esgotada. Emocional e fisicamente, depois desses dias e noites, quase dois meses, cuidando de doente tão difícil.

Dois dias depois, ela escreve para Olive:

Minha querida Olive,

Há vários dias não consigo dormir. Passo as noites em claro, do começo ao fim. É como se uma das feiticeiras de Macbeth tivesse dado a mim o seu castigo: 'Eu a deixarei seca como o feno e o sono, dia e noite, manter-se-á longe de seus olhos'.

No lugar do sono, são os pensamentos que vêm sem parar, em ondas obsessivas, e eu me afogo neles, tento fugir, escapar, contar carneiros, pensar na casa de Grafton Terrace, pensar nos meus tempos felizes, mas nada adianta. Os pensamentos são por demais dominadores, são mais fortes do que minha vontade. Tomam conta de minha cabeça e não me deixam, mesmo quando vejo a temível claridade do sol romper a névoa e se insinuar pouco a pouco pelas cortinas. Não quero tomar drogas; anos atrás, depois da morte de minha mãe, quando passei por noites assim, tentei várias drogas mas sempre me senti pior. É esgotador não poder dormir e temo o completo colapso. Quero escapar das minhas obsessões, quero enfiá-las em um saco e jogá-las pela janela, quero destruí-las, queimá-las, matá-las, mas não sei fazer isso. Não consigo. Minha cabeça parece completamente cheia e, ao mesmo tempo, oca. Ou sou eu toda que estou vazia e oca, não sei bem.

Tenho quase certeza de que Edward vai me abandonar. Sinto isso e seria uma completa idiota se não sentisse. A maneira como ele me trata, com tal indiferença, tal gelo, tal crueldade.

Ah, ser rejeitada, agora sei o que é. Não adianta saber, e saber que não deveria me sentir assim, essa dor e humilhação, mas me sinto demasiado fraca agora para escapar dessas cargas insuportáveis da sociedade. Se de alguma forma consegui, na minha vida, escapar de algumas delas, de outras não consegui antes e não consigo agora. Quando penso racionalmente, sei que estou sendo injusta comigo mesma ao me sentir dessa maneira; por mais que tente evitar, no entanto, não consigo, e me envergonho de ter sido tratada assim. Sinto como um grande e irremediável fracasso ver de repente que acreditei e vivi mergulhada em falsidades e mentiras. Oh, minha amiga, nós que conversávamos sobre tantas coisas, sobre tudo, sobre os preconceitos e as barreiras sociais, que acreditávamos ser capazes de tudo enfrentar, até a morte – e quantas vezes concordamos que o suicídio era um direito de qualquer pessoa que não se sentisse mais capaz ou não quisesse viver, sabíamos até que veneno usaríamos, nada parecido com o pó branco, o horrível arsênico de Emma Bovary que a fez ter morte horrorosa e lenta, queríamos algo rápido, e você dizia que usaria uma pistola na beira de um abismo e se daria um tiro no coração ou na cabeça, esses dois grandes culpados de todos os sofrimentos humanos, mas eu disse que não, lembra?, eu disse que queria morrer na cama, de preferência com uma bonita camisola branca, minha cor preferida, a cor do início mas também a cor do nada. Mas nós, nós que não temíamos nenhum assunto e falávamos sobre tudo, nós deixamos de falar sobre a perturbação invasiva de um sentimento assim, de humilhação e vergonha, que faz a pessoa se sentir vilipendiada, fracassada, impotente.

Quando amanhece, sou ainda capaz de dar ao dia sua capa de normalidade, veja você. Faço minha toalete, me arrumo e cuido dos remédios de Edward.

Mas não tomo o café da manhã. Não tenho tido apetite. Com esforço tomo o chá que Gertrude insiste em trazer o dia todo, embora eu lhe diga que por favor não me traga nada, ela quer me vencer pela insistência, a pobre. É uma boa pessoa, embora obtusa como ela só.

Depois vou para meu estúdio, a minha rotina, e de manhã tenho até conseguido fazer algumas coisas. Trabalho um pouco nos manuscritos do meu pai – e, por instantes, sinto que ainda posso e quero viver. É incrível, mas ainda me assombro ao ver como o Mouro tratou de tantos assuntos, e de forma tão admirável! Terminei recentemente a edição e uma pequena introdução para *A história secreta da diplomacia do século XVIII*. E agora estou organizando duas seleções, uma sobre a *História da vida de lorde Palmerston* e outra sobre *Salário, preço e lucro*. O trabalho é um alívio, pois exige que eu me concentre em outras coisas, que não apenas olhe sem ver o mundo ao meu redor, mas que o veja, que retire dele algum sentido. Quando consigo realmente trabalhar, é um repouso. Escrevo cartas para o editor. Para Liebknecht. Para Laura. Mas não falo de mim. Só para você e para Freddy. Detesto falar de mim e mais detesto ainda me queixar e não há como falar de mim hoje sem falar de todos esses horríveis problemas.

Sinto tanta falta também dos companheiros do movimento, dos meus amigos do East End, as bravas mulheres e homens do povo, tão autênticos e genuínos como um bom alimento. O entusiasmo e a força que eles são capazes de transmitir podem ser contagiantes. Eu, pelo menos, sempre me sentia mais calma e segura quando estava com eles, e hoje tenho certeza de que foi um grande erro ter me afastado – ainda que temporariamente – para cuidar de Edward. Eu não imaginava que seria assim. Não imaginava que esse sacrifício seria em vão. E agora não sinto força para retomar minha vida de antes. Não agora. Não até tudo estar resolvido entre mim e Edward.

Muitas vezes tenho quase certeza de que ele vai morrer. De certa forma, chego a desejar isso, não sei se você pode me entender. Sei que sou insuportavelmente egoísta ao pensar assim, mas às vezes quase desejo que esses sejam seus últimos dias. Porque isso, de certa forma, me dá forças para ser paciente e procurar entendê-lo e perdoá-lo. Perdoar sua doença moral. Me perdoar. Perdoar nós dois.

Penso, mais que nunca, em um dos motes de nossa juventude, lembra? 'Vou tentar. Se falhar, falhei.'

Sua, sempre

Tussy

3

Na tarde seguinte, dia 30 de março, Eleanor recebe uma carta.

Parece uma carta como outra qualquer, dentro de um envelope branco comum, sem remetente. Estava ali, entre a sua correspondência, com ar de inofensivo alheamento.

Eleanor nem a abriu primeiro. Leu antes uma carta de seu advogado e outra do editor francês das obras do Mouro.

Depois, descuidada e sem sequer o tremor de algum vago pressentimento, abre o prosaico envelope branco. E ali está a carta que lhe revela o que Edward escondia desde julho: dez meses, trezentos e poucos dias.

Seu casamento com Eva, uma jovem atriz.

Que agora reivindicava, como era de seu legítimo direito, a posse do marido. Que ele abandonasse de vez a velha amante – Eleanor. Que levasse a parte do dinheiro que lhe cabia.

Eleanor sente que lhe falta o ar. Acha que enlouqueceu. Respira fundo várias vezes. Relê, sem entender, aquelas linhas que mal consegue decifrar. E ainda sem pensar, sobe quase correndo as escadas até o quarto onde Edward está e lhe entrega, sem fôlego, aquele papel incompreensível, aquela arma tão fina e tão branca.

Tenta respirar e se acalmar enquanto espera a reação dele. Edward vai dizer que é tudo um engano, mais uma calúnia. Que ele não está, não está, não está casado com outra, como poderia, como poderia!

Mas Edward, talvez por achar que a situação se esgotara, talvez porque premeditara assim, talvez por qualquer outro motivo, não nega. Fica em silêncio ainda por um momento, mas não nega. Tenta, apenas, como uma concessão, minimizar a notícia:

– Sim, Eleanor, é melhor que você saiba. Desposei essa jovem, é verdade, mas não infira muita coisa, isso não significa mais do que apenas isso. Só é preciso lhe dar uma compensação financeira e sossegá-la.

– E, ademais – ele ainda lhe diz na cruel discussão daquele dia – nós dois nunca fomos casados, Eleanor. Eu não fiz nada que não tivesse direito de fazer. Você exige de mim muito mais do que tem o direito de exigir.

– Mas, Edward, você sempre concordou que éramos, que éramos casados, ainda que não tivéssemos a oficialização das leis burguesas. Os papéis nunca importaram em nosso casamento, nunca importaram, você também pensava assim, e era esse nosso compromisso. O que mudou, Edward?

– Ah, Eleanor, você sempre tão exageradamente dramática! Os papéis não importam mesmo, são o que são, só papéis. É o que eu já lhe disse, não tire desse casamento inferências que ele não tem. São papéis, papéis, não está claro isso? Mas não, você prefere fazer um escândalo. Que faça! Por isso é cada vez mais impossível viver com você.

A discussão só não foi pior porque Edward, como sempre, logo se recusou a prosseguir. Voltou a seu mutismo, e deixou de responder a Eleanor.

Ela tentou sacudi-lo, fazê-lo falar. Avançou sobre sua cadeira e segurou-o forte, como se quisesse fazer aquele feixe de ossos, aquela massa inerte e gélida reagir e lhe dizer que aquilo era um pesadelo, que não estava acontecendo. Mas o toque com o corpo esquelético e emaciado dele a atemorizou. Sentiu que ele poderia desmaiar e teve medo de agravar sua condição, teve medo de matá-lo.

Largou-o, assustada, e voltou, aturdida, para seu estúdio. Lá passou a tarde, trancada.

Não abriu a porta sequer para a empregada, que, várias vezes, tentou lhe levar o chá e algo para comer.

Só à noite, depois que Gertrude mais uma vez insistiu em lhe servir a ceia, que ela mais uma vez recusou, Eleanor subiu a seu quarto e se aproximou da cama onde Edward estava deitado. Ele acabara de tomar o caldo preparado pela empregada.

Eleanor senta-se aos pés da cama e segue os movimentos dele, que, com a indiferença costumeira, o mesmo alheamento, passa devagar o guardanapo sobre os lábios.

Ela espera que ele lhe diga algo. Qualquer coisa. Que ainda proponha uma saída, uma solução qualquer ou um arremedo, um arremedo de saída, um arremedo de solução. Qualquer coisa em que ela possa se segurar.

Mas sem olhar para ela, e com sua voz mais apática, mais destituída de qualquer traço de emoção, ele apenas lhe diz que, na manhã seguinte, irá a Londres.

– Sozinho, Eleanor.

Céus! Ela não esperava isso! Num impulso, ainda diz:

—Não é possível; é uma loucura em seu estado!

Edward vira a cabeça para o outro lado, no travesseiro, e resmunga que está cansado e farto de discutir. Não responde ao que ela insiste em lhe dizer e finge dormir.

E logo dorme, de fato.

Ela, não.

4

Eleanor não dorme nem finge dormir. Desce para seu estúdio. A noite está fria, e ela não acende nenhuma luz. Olha pela janela e, lá fora, contra a escuridão, mal distingue os galhos das árvores nuas e desoladas de seu jardim.

Tussy pensa na decisão que deve tomar, agora que sabe qual é o mistério de Edward e o que ele vai fazer em Londres. Mais uma vez ele a surpreendeu para pior.

Apesar de suas infidelidades constantes, o que a segurava era se considerar como sua "esposa", no sentido mais legítimo, o da mulher a quem ele dedicava seus sentimentos mais profundos e verdadeiros, e para quem sempre voltava.

Seu casamento, com todos os impasses, fora um desafio às leis da moralidade burguesa, um bem-intencionado investimento moral contra a hipocrisia vitoriana. Ela suportara muito por essa crença.

Agora, tudo mudara. Sem que sequer suspeitasse, seu próprio papel havia mudado. Passara a ser "a outra", a amante.

Como deixei isso acontecer comigo? Como fui tão cega e tola? Como poderei me perdoar e entender?, ela se pergunta.

Ali, no escuro do escuro, fora e dentro dela, Eleanor procura uma resposta e uma maneira de se libertar do sofrimento e das mentiras.

Desde que começara a se entender por gente, ela se comprometera de corpo e alma com o movimento dos trabalhadores, e seus sentimentos e emoções estavam e sempre estiveram nessa luta. Mas, naquele momento, está tão distante de seus companheiros, tão afastada de seus amigos! E pior: sente-se decepcionada e impotente frente aos rumos que o movimento está tomando, e não se julga capaz de se contrapor a isso. Mesmo em relação ao legado do pai, os manuscritos, sua grande responsabilidade, sente-se tão incapaz! Já não tem mais controle sobre eles.

Para quê, então, continuar, se já não se crê nem capaz nem necessária? Se já não pode estar à altura do que esperavam dela o Mouro e o General?

Sente que o cansaço penetrou de tal forma em seu corpo que seus ossos pesam.

Sua pele está seca, os cabelos ásperos, o corpo murcho.

Depois dos últimos meses, cuidando de um doente tão difícil, está exaurida, em todos os sentidos. Acredita que sua solidão é absoluta. Não teve sequer coragem de enviar suas cartas para Olive. Quanto a Freddy, ele também tem seus problemas, seria injusto querer que ajude a solucionar os dela. Tussy, que enquanto Engels era vivo jamais conheceu de fato a solidão, agora a conhece. Sabe como ela é. E não a quer.

Seu peso é maior do que ela pode suportar.

Seu corpo e sua alma pedem descanso. Querem mergulhar no esquecimento definitivo, no sono duradouro, no fim.

A cáustica música dos homens, para que continuar a ouvi-la? A corda retesada da vida, por que não deixá-la ir?

5

É 31 de março de 1898.

Uma rara manhã de sol no final do inverno em Londres: os pequenos prédios, as casas, os jardins e campos brilham sob o inusitado azul cristalino. O frio intenso deixa o ar penetrante, viveiro de lascas afiadas.

Eleanor espera Edward acordar, se levantar e se vestir.

Dessa vez, não o ajuda.

Senta-se à beira da cama, enquanto ele calça os sapatos, e aguarda.

Edward fica ainda um tempo ali, com um sapato na mão, olhando para o piso do quarto, como se procurasse, molemente, e sem interesse, alguma coisa que perdera. Quando finalmente termina, se levanta e, ainda sem nada dizer, dirige-se à porta. Um fio de voz sai da boca de Eleanor:

– Não vá.

Mas ele não responde, não se vira.

Abre a porta e sai.

6

São dez horas e Eleanor chama Gertrude. Pede-lhe que vá até a casa do farmacêutico do bairro, com uma nota que diz:

"Favor dar à portadora clorofórmio e uma pequena quantidade de ácido prússico para cachorro. E. A."

Junto, ela coloca o cartão de Edward.

Sua voz é precisa, suas mãos estão firmes. Seus olhos não dizem nada.

Às dez horas e quinze minutos, Gertrude volta e entrega à patroa, que a espera na sala, o pequeno pacote que fora buscar na farmácia, e também o Livro de Venenos, que deve ser assinado pelo comprador.

Eleanor coloca o livro no colo – não é bem um livro, mas um caderno grosso, de capa dura – e com mão firme e muita calma assina suas iniciais completas, E. M. A.

Entrega o livro de volta para a empregada e lhe diz: "Obrigada. Agora você pode ir". Gertrude sai para devolver o livro ao farmacêutico, e um estranho silêncio se instala na casa.

Com passos lentos, mas sem hesitação, Eleanor sobe para seu quarto, onde escreve duas cartas de despedida.

Uma para Aveling:

"Querido, logo tudo estará terminado. Minha última palavra para você é a mesma que lhe disse durante todos esses longos, tristes anos – amor."

Outra para seu sobrinho, Jean Longuet:

"Meu querido, querido Johnny,

Minha última palavra é dirigida a você. Tente ser digno do seu avô. Sua tia Tussy"

Tudo lhe parece quase cortante em sua nitidez. As coisas claramente se encaixam em seus lugares, voltam a se equilibrar.

Sua decisão está pronta, como um fruto maduríssimo que é só colher.

Naquela manhã, quando Edward lhe disse que, sim, iria a Londres, ela soube que sua decisão estava tomada.

Ainda escutou sua própria voz, num fio quase imperceptível e irreconhecível, lhe dizer: Não vá.

Mas ao dizer isso e escutar sua voz sem tom e sem vida, já sabia que assim deveria ser. Em algum momento daquela noite escura, ela decidira.

E tudo lhe pareceu extrema, infinitamente tranquilo. Nada mais adequado. Nada mais certo.

Não mais se debater, não mais se desesperar.

Seu pai, sua mãe, Jennychen, Lenchen, o General, sua família. Todos mortos, menos Laura e Paul.

Por que ficar? Para que permanecer?

Naquela noite escura, depois de tantos dias de sofrimento, ela deixou de sofrer. Sem derramar sequer uma lágrima a mais, encontrara a resposta simples, natural.

Perfeita.

Deixa as cartas sobre a mesa de cabeceira e se despe devagar, como se fosse, agora sim, depois de tantas noites insones, dormir. Descansar. Veste sua camisola branca e desfaz o coque, sentindo com a mão o volume dos cabelos negros.

E de repente é uma outra pessoa quem faz os seus gestos de sempre, quem dobra as roupas que usava e as coloca sobre a cadeira. Já não é ela, mas alguém que dentro do seu corpo faz todos os movimentos necessários, lentos e precisos. Quem, sentada na beira da cama de colcha branca, segura o pequeno frasco de ácido prússico e, por um breve instante, olha e admira o líquido volátil, a poderosa mistura capaz de conduzi-la ao branco do princípio e do nada.

A sua será uma morte branca, como sempre quis, o que mais pode desejar?

Tussy ergue a mão e leva o líquido à boca. Um cheiro acre de amêndoas se espalha pelo ar.

É muito fácil.

Muito mais fácil do que poderia imaginar.

7

Quando Gertrude volta da farmácia e sobe ao quarto, por volta das dez e quarenta e cinco, encontra Eleanor agonizando na cama. O rosto azul, já quase sem respirar, em contorções e espasmos. E quase no mesmo instante, paralisia muscular e morte.

O ácido prússico – conhecido como cianureto – é veneno de efeito terrível e sujo, e por isso raramente usado. Sua grande vantagem é a rapidez; a morte sobrevém em segundos.

No quarto, resta o cheiro pesado de amêndoas podres.

Aveling, que tomara o trem para Londres depois das dez naquela manhã, só regressa às cinco horas da tarde. A casa já estava cheia com os oficiais de polícia, o legista e muitos amigos perplexos e consternados.

Eleanor tinha quarenta e três anos.

Epílogo

Uma imensa multidão esteve presente no funeral de Eleanor.

O corpo foi cremado e as cinzas, hoje, estão em Londres no mesmo túmulo de Marx, Jenny e Lenchen. Os artigos que saíram nos jornais de vários países ressaltaram sua dedicação de vida inteira ao socialismo, os dons extraordinários de oradora e linguista, a vasta cultura, a personalidade amável e calorosa.

Com a perplexidade causada pelo suicídio de pessoa tão querida e ativa, e o inquérito que se desenrolou nos dias seguintes, Aveling passou a ser considerado suspeito. Acusações começaram a ser feitas, aqui e ali, de que ele teria sido ou conivente com o suicídio ou mesmo o induzido. Alguns chegaram inclusive a adotar a versão romanesca de um pacto de suicídio entre os dois, sem que Aveling jamais tivesse qualquer intenção de cumprir o acordo.

Tal versão, no entanto, não se sustenta. Baseia-se no pedido do veneno ter sido acompanhado pelo cartão dele e assinado com as iniciais E. A. (que eram as dela, quando às vezes assinava como Eleanor Aveling, e que eram também as dele). Baseia-se também no caráter de Aveling e em uma suposta declaração sua, que teria sido feita durante o inquérito, de que Eleanor muitas vezes havia pensado em suicídio e inclusive proposto, ao enfrentar grandes crises, o suicídio dos dois. De qualquer maneira, e embora tenha sido engendrada pelo repúdio unânime a Aveling, essa suspeita, ainda que sem nenhuma intenção, lança uma sombra que avilta também a figura de Eleanor, transformando-a em vítima vilmente enganada no momento mais cruel de sua vida.

Isso não aconteceu.

Saber que Aveling se casara secretamente, depois de ter vivido com ele todos aqueles anos em uma união não legalizada, enfrentando os preconceitos da sociedade vitoriana e muitas dificuldades, pode ter sido – e certamente foi – a gota de água em um momento de grande vulnerabilidade de Eleanor. Mais do que a gota, o fundamental é entender os vários componentes de sua fragilidade. As decepções com as cisões e rupturas do movimento, o sentimento de impotência, o afrouxamento – ainda que temporário – de sua ligação com as pessoas de carne e osso a quem ela dedicara sua vida e, sobretudo, o esgotamento físico e emocional daqueles meses, a solidão em que, sem perceber, mergulhou, embora fosse tão querida.

Depois de sua morte, Edward Aveling quase imediatamente foi morar com a nova esposa, Eva Nelson. Também quase imediatamente se desligou da SDF.

Com Laura e os filhos de Jenny, ele herdou uma parte dos bens de Eleanor, ou seja, da herança de Engels.

Quatro meses depois, também estaria morto. O que restou da herança de Engels passou para a esposa.

O ácido comentário de Olive Schreiner, ao saber da morte da grande amiga, foi: "Fico muito feliz em saber que Eleanor está morta. Foi uma benção ela ter conseguido escapar de Aveling".

ANEXOS

ANEXOS

Como se cria um erro histórico

Entre os papéis e manuscritos de Marx, havia duas cartas de Darwin. A primeira, datada de outubro de 1873, meses depois da publicação da segunda edição alemã d'*O capital*, dizia assim:

"Downe, Beckenham, Kent

"Prezado Senhor,

"Agradeço-lhe por ter-me honrado com a remessa de sua grande obra sobre o capital e, de todo o coração, gostaria de ser mais digno de recebê-la, tendo uma compreensão melhor do tema profundo e importante da economia política. Conquanto nossos estudos tenham sido muito diferentes, creio que ambos desejamos sinceramente a ampliação do saber e, a longo prazo, é certo que isso contribuirá para a felicidade da humanidade.

"Subscrevo-me, Prezado Senhor,

"Atenciosamente,

"Charles Darwin"

A outra carta, datada de 13 de outubro de 1880, tem um teor bem diferente:

"Downe, Beckenham, Kent

"Prezado Senhor,

"Sou muito grato pela gentileza de sua carta e pelo anexo. A publicação de seus comentários sobre meus escritos, sob qualquer forma, na verdade não precisa de consentimento de minha parte, e seria ridículo eu consentir o que não requer consentimento. Eu preferiria que a parte ou o volume não fosse dedicado a mim (embora lhe agradeça pela intenção dessa honra), pois isso implicaria, até certo ponto, minha aprovação da publicação geral, sobre a qual não tenho nenhum conhecimento. [...]

"Lamento recusar seu pedido, mas estou velho e tenho pouquíssimas forças, e o exame de provas tipográficas (como sei por minha experiência atual) deixa-me extremamente fatigado.

"Subscrevo-me, Prezado Senhor,

"Atenciosamente,

"C. Darwin"

Essa ligação entre dois dos pensadores mais revolucionários e influentes do século XIX foi assunto tratado por todos os seus biógrafos. Todos eles aceitaram a história da dedicatória rechaçada pela segunda carta como fato, embora uma análise mesmo superficial de seu teor deixasse muita coisa incompreensível, sem contar que, em 1880, seria impossível Marx estar trabalhando na prova tipográfica de alguma obra sua. Os biógrafos, no entanto, optaram por passar por cima dessas incongruências, só divergindo quanto a que obra Marx teria pensado em dedicar a Darwin.

Mas por que Marx teria procurado a aprovação e o *imprimatur* de Darwin?

Uma estudante da Universidade da Califórnia, Margaret Fay, ficou intrigada com tudo isso. "Minha intuição insistia em me levar a fazer incursões repetidas e erráticas na biblioteca de biologia, onde eu vagava de um lado para outro, consultando biografias de Darwin e interpretações marxistas de sua teoria da evolução para ver se, afinal, havia algum significado político na obra de Darwin que me houvesse escapado."

Mas o que ela achou foi um pequeno livro, *Darwin para estudantes,* escrito por, imaginem quem?, Edward Aveling. E cuja data de publicação era, justamente, imaginem quando?, 1881.

A partir daí, foi fácil confirmar que entre os papéis – desta vez de Darwin – havia uma carta de Aveling, datada de 12 de outubro de 1880, anexando alguns capítulos daquele seu pequeno livro e "solicitando o ilustre respaldo de seu consentimento".

Não restava dúvida, portanto, de que a segunda carta de Darwin, cujo tom nada tinha da admiração e respeito da primeira, não fora destinada a Marx e sim a Aveling. E por que essa carta estaria junto com as de Marx havia uma explicação fácil: depois da morte de Engels, Eleanor ficou com os papéis e cartas do pai, e Edward, em 1895, escreveu um artigo comparando Marx e Darwin, no qual citava a carta de Darwin a Marx, de 1873, e dizia que também ele havia se correspondido com o cientista. Concluído o artigo, as duas cartas foram para a mesma pasta de arquivo, dando início, assim, a uma pista falsa que, só agora, quase um século depois, está sendo corrigida.

Toda essa história está contada, com muito mais detalhes, na biografia recente de Marx escrita por Francis Wheen. E eu a conto aqui como introdução para levantar algumas dúvidas quanto a outra história também pouco elucidada – e muito rapidamente aceita: a do suposto filho bastardo de Marx com Helen Demuth, a querida Lenchen de todos eles.

Essa história, a famosa "revelação" de que o filho de Lenchen seria também filho de Marx, veio à tona em uma carta, descoberta em 1962 no arquivo marxista do Instituto Internacional de História Social, em Amsterdã, onde hoje está a maior parte dos manuscritos de Marx e Engels. Ali, uma equipe de estudiosos participa do grande projeto de revisão e cotejo dos manuscritos de ambos os autores, conhecido como MEGA (sigla que, em alemão, significa Obras Completas de Marx e Engels).

Escrita em 2 de setembro de 1898, e endereçada a August Bebel, a carta descreve o que teria sido a confissão feita por Engels no leito de morte, e depois confirmada por ele a uma arrasada Eleanor, não de viva voz (pois o General já não conseguia falar), mas escrevendo-a em uma lousa.

A autora da carta é Louise Freyberger, ou Louise ex--Kautsky, a mesma inimiga figadal de Eleanor, a mesma "intrigante e manipuladora" que infernizou os últimos anos da sua relação com Engels, a mesma figura que, como governanta do General nos últimos anos de sua vida, tentou afastá-lo das filhas de Marx.

Desde então, no entanto, quase todos os biógrafos aceitam essa carta sem contestações. Salvo pouquíssimas exceções, como o professor Terrel Carver, autor de uma biografia de Engels, que considera toda a carta uma falsificação, assinalando que no arquivo de Amsterdã encontra-se apenas uma cópia datilografada de um original que, se existiu, nunca foi encontrado. Mas, fora ele, mesmo os pesquisadores que, como Yvonne Kapp, biógrafa de Eleanor, mostram-se cheios de reticências e dúvidas, acabam assumindo a história contada pela carta como verídica.

A criança, que nasceu na Rua Dean, foi entregue a uma família de criação e cresceu em um bairro da periferia de

Londres. Recebeu o nome de Henry Frederick Demuth e, embora Eleanor não tenha tido maiores contatos com ele quando criança e adolescente, é o Freddy que se tornou seu grande amigo nos últimos anos de sua vida.

As dúvidas sobre a história da suposta paternidade de Marx, no entanto, são inúmeras e as evidências continuam bastante precárias.

Além da carta de Louise – cuja credibilidade deve ser, no mínimo, posta em ressalva –, alguns biógrafos citam as referências em cartas, tanto de Jenny quanto de Marx, sobre a crise doméstica que eles teriam vivido em 1851 e sobre um *mystère*. Para qualquer pessoa, no entanto, deveria ser óbvio que a crise doméstica no miserável apartamento da Rua Dean não precisava de ingredientes adicionais para ser terrível: o pequeno Guido morrera no ano anterior e Jenny e Lenchen, patroa e empregada, deram à luz mais ou menos na mesma época, numa situação de grande penúria e insalubridade, no minúsculo apartamento de dois quartos e sala. Jenny, ainda deprimida pela morte do filho, via com horror sua pequena Franciska, recém-nascida, também doente, vindo a falecer pouco depois.

O que mais seria preciso para compor uma gravíssima crise doméstica?

E se é bem possível que o famoso *mystère* se refira mesmo ao pai desconhecido do filho de Lenchen, por que deduzir que seria Marx? Há vários candidatos mais prováveis: a casa era frequentada por muita gente, desde exilados dos mais diversos calibres, passando pelo "secretário" de Marx na época, o jovem Wilhelm Pieper, conhecido namorador das empregadas do bairro, e chegando aos espiões prussianos que conseguiram se infiltrar na vida da família. Uma das mais minuciosas descrições que se tem do apartamento da Rua

Dean daquele tempo, citada por todos os biógrafos de Marx, é precisamente a que foi feita por um desses espiões infiltrados. Por outro lado, a Lenchen não faltavam pretendentes – como está dito em cartas da época, escritas por frequentadores do apartamento da Rua Dean. O pai da criança poderia ser perfeitamente qualquer um deles.

Para piorar as coisas, além da fraqueza das evidências aceitas como provas, há uma incrível incongruência no comportamento de todos os personagens envolvidos na história. Todos eles têm em relação ao caso uma atitude que não corresponde em absoluto ao perfil psicológico de nenhum. Jenny Marx, por exemplo. Ciumenta e apaixonada como era, de temperamento instável e "mercurial" (como disse várias vezes Marx), jamais poderia ter continuado amiga e companheira de vida inteira de quem a tivesse traído de tal maneira. Que ela tenha não só mantido Lenchen em sua casa como empregada, mas que a tenha tratado sempre como grande amiga e companheira, não faz sentido.

E Engels, então, o que dizer de Engels? O segundo pai da família Marx, cujos filhos ele considerava um compromisso de sua vida proteger – como poderia agir de maneira tão indiferente com quem seria o único filho homem do grande amigo? De temperamento afável, afetuoso e bonachão, como poderia se recusar – como recusou – a conviver com um filho do amigo a quem tanto admirava? Como poderia aceitar Lenchen como velha e querida amiga – fazendo-a sua governanta nos últimos sete anos de sua vida, e a confidente com quem tomava cerveja, conversando noite adentro – e se recusar a ver Freddy, quando a mãe o recebia na cozinha de sua casa, longe das vistas dele? Como poderia ter tanto horror a um filho do grande amigo, cuja mãe ele também admirava e considerava como da família? Por que não deixou sequer uma pequena parte de sua herança para Freddy, como deixou para as filhas e netos de Marx? Pensar que ele agiu assim porque se sentia injustiçado por ter sido forçado, dizem, a assumir a paternidade do menino no lugar de Marx, não é suficiente para explicar sua ojeriza ao rapaz. Esse comportamento de Engels só faz algum sentido se, por alguma circunstância, ele tivesse motivos para abominar o pai do menino, embora continuasse a ter a maior consideração por sua mãe.

E quanto a Eleanor, ela, que era também tão afetiva, carinhosa e, no último ano de sua vida, extremamente carente de relações familiares, por que não chama Freddy de irmão, nas suas últimas cartas tão desesperadas? Por que o queria como seu maior amigo mas não o assumiu como irmão, pelo menos não de maneira pública? Por que disse textualmente em uma das cartas que o procurava no lugar de Lenchen, e não que o procurava como irmão? E por que não lhe deixou parte de sua herança, sabendo que ele tinha graves problemas financeiros? Não faz sentido.

Nada faz muito sentido nessa história.

Muito menos que ela tenha sido aceita de maneira tão ampla e irrestrita, sendo respaldada apenas pelo que foi contado em carta de uma pessoa que detestava a família Marx, se afastou do Partido Socialista tão logo Engels morreu, e era conhecida por espalhar intrigas. Uma pessoa a quem Eleanor, nos últimos anos, não poupava os mais crus adjetivos, nem a ela nem ao marido, referindo-se a eles como "par monstruoso", "casal altamente inescrupuloso", "completos cafajestes", "par de ladrões" e "usurpadores", entre outros.

Embora, a rigor, o fato como tal não tenha importância nem para o extraordinário legado de Marx nem para a vida de Eleanor – que, considerando-o como irmão ou não, teve Freddy como grande amigo e confidente no final de sua vida

–, esperemos que surja em algum momento uma pesquisadora como Margaret Fay que, curiosa e competente, possa confirmar essa história com provas confiáveis ou desmascará-la de vez.

Pequena cronologia
da família Marx

1818. *Marx nasce em 5 de maio, em Triers.*

1820. *Engels nasce em 28 de novembro.*

1843. *Casamento de Jenny e Marx (ele, com 25 anos – ela, 29).*

1844. *Nasce Jenny, a primeira filha, em Paris. Ano em que também começa a amizade de vida inteira entre Marx e Engels.*

1844 e 1845. *Marx escreve A crítica à filosofia do direito de Hegel, Teses sobre Feuerbach e A sagrada família.*

1845. *Nasce Laura, na Bélgica, e Helen Demuth, aos 22 anos, começa a trabalhar com a família Marx.*

1846. *Nasce o terceiro filho, Edgar, na Bélgica.*

1848. *Marx escreve o Manifesto do Partido Comunista.*

1849. *A família muda para Londres e nasce o quarto filho, Heinrich Guido, que morre em 1850.*

1850. *Engels assume o trabalho na empresa do pai.*

1851. *Nascem Freddy (Henry Frederick Demuth), o filho de Helen Demuth, e a quinta filha de Marx e Jenny, Franciska.*

1852. *A filha Franciska morre, com pouco mais de 1 ano.*

1855. *Nasce Eleanor numa quinta-feira, 16 de janeiro (Marx estava chegando aos 37 anos e Jenny estava com 41).*

1856. *Morre Edgar, o único filho homem, aos 8 anos, pouco depois do nascimento de Eleanor.*

1856. *Outro filho natimorto de Jenny e Marx.*

1867. *É publicada a primeira edição de O capital, em alemão.*

1868. *Casamento de Laura com Paul Lafargue.*

1870. *Engels vende sua participação na empresa da família e se muda definitivamente para Londres, com a segunda mulher, Lizzie Burns.*

1871. *Acontece a Comuna de Paris.*

1871 *(por volta de). Eleanor conhece Lissagaray.*

1872. *Jennychen casa-se com Charles Longuet (terão cinco filhos – um morre ainda criança).*

1873. *Eleanor sai de casa para morar em Brighton, por cerca de seis meses.*

1881. *Morre Jenny.*

1883. *Morre Jennychen em janeiro, e Marx, no dia 14 de março.*

1884. *Eleanor vai morar com Edward Aveling.*

1895. *Morte de Engels em 5 de agosto.*

1898. *Suicídio de Eleanor.*

1911. *Suicídio de Laura e Paul Lafargue.*

1929. *Morte de Freddy (Frederik Demuth).*

As fontes

A principal fonte da minha pesquisa foi a biografia ampla e abrangente de Eleanor escrita por Yvone Kapp (cerca de 1.000 páginas em 2 volumes):

Eleanor Marx, family life (1855-1883), volume 1 e *Eleanor Marx, the crowded years* (1884-1898), volume 2, International Publishers Co., New York, 1972.

Além disso, os artigos e cartas de e sobre Eleanor e as biografias listadas abaixo:

Eleanor Marx (1855-1898): life, work, contacts. Edited by John Stokes, Ashgate, 2000.

The daughters of Karl Marx (Family correspondence 1866-1898). A Helen and Court Wolf Book, Harcourt Brace Jovanovich, Nova York, 1982.

The life of Eleanor Marx (1855-1898). A socialist tragedy. Chushichi Tsuzuki. Oxford/Clarendon Press, 1967.

Marx. - Isaiah Berlin. Thornton Butterworth, Londres, 1939.

Marx. - David McLellan. McMillan Press, Londres, 1973.

Karl Marx.- Francis Wheen. Editora Record, Rio de Janeiro/São Paulo, 2001.

Engels. Terrel Carver. Hill and Wang, Nova York, 1981.

The life and thought of Friedrich Engels, a reinterpretation. J. D. Hunley. Yale University Press, New Haven e Londres, 1991.

Agradecimentos

Quero agradecer aos amigos que acompanharam com valiosas sugestões as etapas deste projeto: Maria Lucia e Maria Luiza Torres, Alípio Freire, Virginia e A. C. Scartezzini, Hamílcar Boucinhas, Peg Silveira, Malu Ferreira Alves.

Quero agradecer também, muito especialmente, a Felipe, que em uma tarde de chuva na cinzenta Dean Street, onde nasceu Eleanor, concordou que sua história merecia um romance.

Outras obras da autora

Romances

A mãe de sua mãe e suas filhas, Ed. Globo, publicado também nos Estados Unidos, França, Itália, no prelo na China.

O fantasma de Luís Buñuel, Ed. ZLF.

Guerra no coração do cerrado, Ed. Record.

Com esse ódio e esse amor, Ed. Global.

Pauliceia de mil dentes, Ed. Rocco/Prumo.

Maria Altamira, Ed. Instante.

Eleanor Marx, filha de Karl foi publicado em 1ª edição pela Editora Francis, 2002, no Chile e na Espanha. Republicado em 2020 pela Editora ZLF.

Contos:

Felizes poucos, 11 Contos e um curinga, Ed. ZLF.